빗소리를 쓰는 밤

빗소리를 쓰는 밤

안나 장편소설

비룡소

차례

1
나무고아원에서

매월 첫째 토요일, '나무고아원'은 관람객을 받지 않는다.
휴무일이 곧 '숲지킴이' 활동을 하는 날이다. 나무한테 고아
라니, 이런 이름은 누가 지었을까? 여긴 갈 곳 없는 나무들,
말하자면 아파트 건설 현장에서 버려지거나 알레르기를 유
발시켜 민원 대상이 된 나무들이 모인 곳이다. 키워서 다시
다른 곳으로 옮긴다니, 나무들의 임시 거처인 셈이다.

"나무가 자라는 데 꼭 필요한 세 가지는 뭘까요?"

선생님이 묻지만, 아무도 대답하지 않는다. 숲해설가 이명
희 선생님이랬나? 출석 체크만 할 뿐, 점수를 주거나 평가할
권한이 없다. 성적으로 학생을 차별하지 말라고 하지만, 우

리야말로 어른들을 차별한다. 동경할 만한 직업을 가진 어른과 그렇지 않은 어른. 좋은 대학을 나온 선생님과 그렇지 않은 선생님. 학생부에 뭐라도 써 줄 수 있는 사람과 없는 사람. 차별이나 편애는 인간이라면 어쩔 수 없다. 그건 유치원생들도 하는 거니까. 우리처럼 드러내 놓고 하느냐, 어른들처럼 은근하게 돌려서 하느냐의 차이일 뿐.

"뭘까요?"

또 한 번 선생님이 물었다. 아무도 대답 안 할 거란 건 알아, 하지만 계속 묻는 게 내 일이야, 라는 얼굴로.

까똑. 침묵을 뚫고 우리 대신 누군가의 휴대폰이 대답했다. 몇몇이 옷 주머니며 가방을 뒤지느라 소란스러워졌다.

"물 그리고 바람과 햇빛. 사람한테도 이게 꼭 필요한데, 그걸 잊어요, 자꾸. 물 안 먹는 사람은 없는데 바람과 햇빛을 잊어요. 저도 몇 년 동안 햇빛을 안 보던 시기가 있었는데……."

고개를 숙이고 휴대폰을 보거나 옆을 두리번거리는 아이들 속에서 선생님을 똑바로 바라보고 있는 맞은편 남자애가 눈에 들어왔다.

"앞으로 여기서 숲지킴이 활동을 할 텐데, 여러분이 해 봐야 뭘 하겠어요? 지키긴 뭘 지키겠어요? 숲을 지키는 건, 관리실에서 알아서 할게요."

너희가 지키긴 뭘 지켜? 조금 웃겼다. 나는 아무래도 냉소적인 말투에 끌리는 것 같다. 그래서 다인이랑 쉽게 친해진 거겠지. 맞은편 남자애도 고개를 까닥거리며 웃고 있었다.

"어쨌든 앞으로 열 번! 숲은 우리가 못 지켜도 여기서 그날의 바람과 햇빛을 한번 느껴 보자는 거지."

"전 비 오는 날이 좋은데요. 해 안 떠서 캄캄한 날이 좋은데요."

누군가 대꾸했다.

"그래, 비 오는 숲도 정말 좋지. 그럼 이렇게 말할까요. 그날그날의 날씨를 느껴 보자, 계절이 어떻게 바뀌는지 느껴보자……. 오늘은 나무들 이름표를 붙이러 갑니다. 여러분이 오늘 이름표를 붙인 나무가 앞으로 일 년 동안 각자 지켜볼 나무예요."

선생님은 느티나무, 단풍나무, 메타세쿼이아, 양버즘나무, 은행나무 등이 적힌 이름표를 나눠 주었다. 그런데 나무들이 이딴 이름표 붙이는 걸 좋아할까.

*

아이들이 모두 돌아간 숲은 고요하다. 나무들도 혼자 있을 시간이 필요하다던데, 그러니까 물도 너무 자주 주면 안 된다던데……. 오늘은 나무들이 유일하게 쉴 수 있는 날. 나는 그 휴식을 방해하고 있다.

나무고아원 안쪽엔 흔들다리와 외나무다리, 나무 막대기를 엮어 만든 작은 인디언집도 있다. 일곱 살 때, 친구 집에 있던 인디언텐트가 갖고 싶었다. 텐트가 없던 나는 옷장 안에 숨었다. 엄마는 어릴 땐 어둡고 구석진 곳에 숨고 싶은 게 당연하다고 말했다. 그럼 어른들은 숨는 걸 좋아하지 않는 걸까, 그땐 그게 궁금했다. 인디언텐트 안으로 들어가 바닥 매트에 눕자, 나뭇가지를 엮은 틈새로 햇살이 들어왔다. 나쁘진 않지만 시시했다. 별거 없네 싶었다.

작년에 키즈 영화관에서 만난 여자애가 떠올랐다. 동생은 변신로봇을 한 팔로 감싸 안은 채 음료수를 마셨다. 영화 보는 동안 가방에 넣자고 해도 싫대서 실랑이를 벌이는데 뒷좌석에 앉은 여자애가 끼어들었다.

─ 너 지금은 그게 너무 좋지? 나이 들면 다 시시해져.

초등학교 5학년쯤 됐을까. 동생을 따라다니다 보면, 가끔 이렇게 인생을 다 살아 본 것 같은 어린애들을 만나게 된다.

─ 그래?

─ 네. 전 시시해진 게 아주 많아요.

다리를 꼬며 여자애가 대답했다. 예전엔 좋아했지만 지금
은 시시해진 것들이 뭔지 듣고 싶었는데, 영화가 시작됐다.

나이 들어도 시시해지지 않는 게 과연 있을까 생각하는데,
가까이 다가오는 발소리가 났다. 나뭇가지 틈새로 얼굴 하나
가 스쳐 지나갔다. 다리만 인디언집 밖으로 삐져나온 꼴이
웃길 것 같았다. 몸을 일으켜 밖으로 나오니 누가 앞에 서 있
었다. 아까 선생님의 얼굴을 똑바로 쳐다보던 맞은편 남자애
였다.

처음 만났지만 낯설지 않은 사람이 있다. 예전에 어디선가
이미 만난 것 같은 사람. 그러니까 오늘 나무고아원에서 만
나기 전에.

"여기서 뭐 해?"

그 애가 날 예전부터 잘 알고 있는 사람처럼 스스럼없이
물었다. 지금 여기 나무고아원에서? 아니, 지구라는 별에서
도대체 뭘 하는지 묻는 건가? 아주 오래전에도 내게 이렇게
물었던 적이 있는 것 같다.

목 늘어난 회색 티셔츠에 회색 바지, 회색 운동화. 다른
사람 시선(외모!)에 신경 쓰지 않는 타입. 헐렁한 티셔츠 위
로 가늘고 긴 목이 드러났는데, 적당하게 도드라진 목울대
가 예쁘다. 여느 여자애들보다 가느다란 손목과 손가락, 발

목도 어찌나 가는지 걷다가 넘어질 것 같다. 저렇게 비쩍 마른 애가 네 취향? 다인이라면 혀를 차겠지. 난 네가 좋아하는 UFC의 근육질 남자들한텐 매력 못 느낀다고 했을 때, 다인이는 내가 아직 남자에 대해 뭘 모르는 거라고 했다. 다인이는 누구와도 맨몸으로 싸워 이길 수 있는 파이터들을 좋아하지만, 나는 아무와도 싸울 것 같지 않은 연약한 사람에게 끌리나 보다.

"난 도윤성."

"……도 씨는 처음 봤어."

도 씨를 처음 본 건 아닌데 말은 그렇게 나왔다.

"다들 그러더라."

"……."

뭔가 인상에 남을 만한 말을 하고 싶었는데, 누구나 할 법한 첫마디를 하고 말았다. 남들과 조금이라도 달라지려 애쓰지만, 난 늘 이렇다.

"넌 박사나 선생은 못 되겠다. 도 박사, 도 선생은 좀 그렇잖아?"

첫마디의 평범함을 잊게 하려고 기껏 생각해 낸 유머도 이 모양이었다.

"아, 맞네! 박사, 선생…… 정말 안 되겠다. 그런 건……."

그러곤 한동안 말이 없었는데 그럼 뭐가 되어야 하나, 뭐가 될 수 있나 생각하는 것 같기도 했다.

"넌?"

이제 당연히 내 이름을 말할 차례겠지만.

"내 이름은 없는 거나 마찬가지야."

"이름이 없어?"

"뭐 있는데 없고, 없는데 있고……."

우리는 어느새 함께 걷고 있었다.

나무고아원의 진입로는 메타세쿼이아가 양옆으로 길게 놓인 산책로였다. 윤성이는 한 발짝 정도 앞서서 땅 밑에 시선을 둔 채, 있는데 없다? 없는데 있고? 중얼거리면서 걷다가 내 쪽을 돌아보며 다시 한 번 물었다.

"있는데 없고, 없는데 있다고?"

정답을 알면 실망할 텐데……. 지금이라도 말해야 하나 망설여져 대답 없이 눈길을 피하자, 그동안 이 길을 오가면서 한 번도 멈춰서 읽어 본 적 없던 안내판이 보였다. 매일 다니는 길, 신호등이 바뀌길 기다리며 무심히 바라본 건물에서 갑자기 전에는 보이지 않던 어떤 간판 하나가 확 눈에 띄는 것처럼.

메타세쿼이아는 은행나무처럼 현재까지 살아 있는 화석 식물이다. 공룡이 살던 시대부터 살아남은 아주 드문 나무인 것이다.

어디서나 볼 수 있는 흔한 나무가 이렇게 오래 살아남았다고?

"이거 알았니?"

내가 안내판을 가리키며 묻자, 윤성이는 고개를 저었다.

"다인이란 애가 있거든. 암튼 걔가 지금 있었음 그랬을 거야. 이게 뭐 감탄할 일이야? 바퀴벌레도 생명력 끝판왕이야. 오래 살면 뭐가 좋은데? 걔 말투가 원래 이래."

아직도 다인이가 옆에 있는 것 같을 때가 많았다.

산책로가 끝나고, 갈림길 앞에서 멈춰 선 윤성이가 그제야 입을 뗐다.

"없는데 있고, 있는데 없고. 영, 이거 아냐? 네 이름 맞지?"

"그래. 전, 영. 이게 내 이름이야."

전영입니다. 이름이 영이라고요. 네, 외자예요. 새 학년 새 학기, 자기소개를 하는 시간마다 나는 점점 더 작아져 0으로 빨려 드는 기분이었다.

영, 전영. 윤성이는 다시 한 번 확인하듯 작게 말했다. 내 이름이 처음으로 괜찮다고 느껴지는 순간이었다.

"담 달에 봐! 전영!"

가파른 언덕길을 올라가는 그의 뒷모습이 사라질 때까지 바라봤다. 봉사활동으로 나는 다른 곳을 선택할 수도 있었다. 병원, 구청, 복지시설……. 우연이(사다리타기!) 나를 나무고아원으로 데려다주었다. 우연이 우리 둘을 만나게 했다.

한참을 길 위에 멍하니 서 있다 휴대폰을 꺼냈다. 손가락이 다인이의 이름을 맴돌았지만, 통화 버튼은 누를 수가 없었다.

나 찾은 것 같아.

다인이라면 내가 뭘 찾았다는 건지 단번에 알아들을 텐데……. 이제 다인이와의 통화는 상상 속에서만 가능했다. 작년 음악 시간에 「사랑의 기원」이란 노래를 배운 이후, 다인이와 난 '잃어버린 반쪽'을 찾는 일에 몰두했었다.

어디에서?

다인이는 이렇게 묻겠지.

나무고아원!

하, 우리 동네? 설마 거기 말하는 거야?

(조금 자신 없어진 목소리로)……응.

내 잃어버린 반쪽이 우리 동네에 있다? 그건 좀 아니다. 신이 진짜 있다면, 그렇게 쉬운 데 숨겨 놓겠어? 내가 신이라면,

아주 먼 데다 갖다 놓을 거야. 찾기 정말 힘든 곳에!

분명히 이렇게 삐딱한 반응을 보일 거다. 내가 신이라면. 이런 생각을 나는 한 번도 해 본 적이 없는데, 다인이는 신이 마치 라이벌이라도 되는 것처럼 말하곤 했다. 내가 신이라면, 이따위로 세상을 만들진 않을 거야. 내가 신이라면, 이따위 학교를 만들지 않을 거야. 내가 신이라면······. 그러면서 일요일이면, 성당을 빠진 적이 없다. 이따위로 세상을 만든 신에게 대체 어떤 기도를 하느냐고 물었더니, '막 따져. 왜죠? 왜 이따위로 세상을 만들었죠? 난 또 왜 이 모양으로 만들었죠? 대답 좀 해 보세요.'라고 했다. 신과의 일대일 면담 요청, 그리고 격렬한 항의. 이런 것도 기도라고 부를 수 있을까. 그래도 따져 물을 대상이 있다는 건 좋은 일일 거다.

내 생각엔 그걸 찾으려면 일단 비행기를 타야 해. 멀리멀리 떠나야 해. 미로 같은 베니스 골목, 그런 데서 찾아야 해. 베니스 골목에선 구글 맵도 길을 잃는대. 내가 가 본 건 아니지만, 사촌 언니가 그랬어.

구글 지도도 정확한 내 위치를 잡지 못하는 곳, 전 세계 배낭여행자들이 미로찾기 게임을 하는 것 같은 좁은 골목에서 자꾸만 마주치는 어떤 사람을 상상하면 낭만적이었다. 집에서 십 분 거리의 나무고아원에 비하면.

근데 뭐, 보물찾기도 어떻게 한 번에 찾겠어? 허탕도 치고 그런 거지.

……

얼굴은 어떤데?

얼굴. 얼굴이 어땠는지 꿈을 꾼 것처럼 잘 기억나지 않는다.

그때 선생님이 만든 단톡방에 다음 달 숲지킴이 활동 공지가 떴다. 아이들이 짧은 답을 남겼다. 잠시 후 도윤성도 '네'라고 답했다. 얼굴은 벌써 희미해졌지만, 어딘가에 그가 분명히 존재하고 있다는 걸 확실히 보여 주는 '네.'

입학식 날, 엄마가 했던 질문에 대한 답을 이제 할 수 있을 것 같다.

— 만약 네가 아주 큰 죄를 지어서, 감옥에 갇힌다면……
죽을 때까지! 그래, 종신형이야. 그런데 고를 수 있다면 어디에 갇힐래? 병원 일인실처럼 독방에 갈 수도, 여섯 명이나 열 명쯤 있는 단체방으로 갈 수도 있어. 그럼 넌 어느 쪽을 고를래?

입학식을 마치고, 황비성에서 짜장면을 기다리고 있을 때였다. 돌이켜보니 쓸데없는 질문을 자주 하던 그때의 엄마가 나왔다.

─ 반반을 고르면 안 돼?

짬짜면처럼. 가을, 겨울엔 추우니까 단체방에 모여 있다가 봄, 여름엔 완전히 혼자가 되는 거다. 아님 한 달씩 번갈아.

─ 아니, 그럴 순 없어. 한번 고르면 못 바꿔. 그대로 쭉 살아야 해.

─ 아빠는? 아빠는 어디를 고를 거야?

난 대답하기 힘든 질문은 일단 다른 사람에게 넘기고 본다.

─ 당연히 독방이지.

아빠는 메뉴판을 훑어보며 대답했다.

─ 평생 아무하고도 말 못 하는데?

─ 얼마나 좋아. 원래 일인실이 비싸.

─ 외롭잖아.

─ 그게 무슨 벌이야? 외로움은…… 우리가 고를 수 있는 메뉴 중에 제일 좋은 거야. 사람이 누릴 수 있는 최고의 사치, 외롭다는 건 그런 거야.

아빠는 가끔 책에나 나올 법한 말을 했다.

─ 사치가 뭐야?

동생이 물었다.

─ 사치는…….

짜장면과 찹쌀탕수육이 나와서 그날의 대화는 끝났다. 아빠는 무인도에 떨어진대도 낚시를 하며 잘 살아갈 것 같다. 반대로 엄마가 독방에 갇힌다면, 아마 옆방에 있는 죄수와 벽을 통해 수신호로 짧은 얘기라도 나눌 방법을 궁리하지 않을까. 그가 누구든, 설령 연쇄살인범이라 해도 유일하게 대화를 나눌 수 있는 상대라는 이유만으로 위험을 무릅쓰고 벽을 두드릴 것만 같았다.

그날 나는 짜장면을 먹으면서 생각했다. 독방이냐, 단체방이냐, 어느 쪽이 더 견디기 쉬울지 가늠할 수가 없었다. 왜 엄마는 뜬금없이 이런 얘길 한 것일까. 앞으로 펼쳐질 고등학교 생활에 대한 암시였을까. 혼자 있는 외로움이든, 사람들과 부대끼는 괴로움이든 선택해야 한다는? 새 학년이 시작되면, 나는 학급 전체 아이들을 몇 개로 분류했다. 단체방, 단체방, 단체방…… 거의 모든 아이들이 단체방을 선택한 것 같았다. 누구라도 옆에 있는 게 낫기 때문에 별로 좋아하지 않는 아이들과도 친구가 되어 같이 다녔다. 그리고 어쩌다 아주 드물게 독방을 선택한 아이들이 몇 있었다.

독방을 고른 애들이 좀 있어 보이는 거 인정! 그래서 언젠가 나도 독방을 고르리라 마음먹었더랬다. 그러나 나는 이제 단체방을 선택하기로 결심했다. 단체방엔 절대 마주치고 싶지 않은 녀석도 있겠지만, 그래도 종신형이면 신입이 계속 들어올 테니까. 죽을 때까지 기다리다 보면 언젠가 그 애 같은 사람도 들어올지 모르니까.

휴대폰으로 '이달의 할 일' 앱을 열어, 다음 달 첫째 토요일 2시에 '바람과 햇살'이라고 적고 하루 전에 알람이 울리도록 설정했다.

*

눈을 떴을 때 드디어 하루가 지났구나 생각했다. 이제 29일 남았다, 아니 30일인가? 등굣길, 걷고 있는 남자애들의 뒤통수에 빗금을 쳤다. 아니다. 아니다. 아니다. 교실의 남자애들, 점심시간 운동장에서 농구를 하는 아이들을 보면서 계속 그 앤 왜 여기 없을까, 왜 같은 학교가 아닐까 하고 속으로 중얼거렸다.

사회 시간, 인구분포도란 걸 배운다. 현재 세계 인구는 약 80억 명. 저울 왼편엔 도윤성이, 오른편엔 1을 뺀 세계 전체 인구가 서 있다. 그런데 저울은 어이없게도 1쪽으로 기운다. 오른편의 사람들은 80억분의 1 정도로 가볍고 하찮아진다. 고작 하루 만에 80억보다 무거운 1이 나타났다. 80억 대신 1을 선택하는 건 누가 봐도 바보 같은 일이다. 그리고 세상엔 바보짓을 하는 인간들이 넘쳐난다.

학원 가는 버스를 탈 때, 바로 뒷자리에 앉아 있는 그 애와 만나는 우연을 기대하며 심호흡을 했지만, 그런 일은 일어나지 않았다.

바람과 햇살. 알람 설정을 할 필요까진 없었다. 눈을 뜨면, 달력을 보지 않고도 오늘이 몇 월 며칠인지 분명히 알 수 있었다. 나는 시간이 멈춰 있지 않고 매 순간 흐르는 걸 느꼈다. 29일, 28일…… 20일까지는 세상이 놀리기라도 하는 것처럼 시간이 가지 않는다. 19일, 17일, 15일부터는 속도가 조금 빨라진다. 7일, 6일, 5일, 점점 줄어들고 마침내 하루 전, 알람이 울린다. 하루 전의 기분이란 참 묘하다. 기쁘긴 하지만, 그게 전부는 아니다. 내일이 지나면 다시 30일에서 시작해야 하니까.

2
어른들이 국어 듣기 시험을 본다면

겨우내 죽은 것처럼 보였던 나무들이 다시 살아나는 봄이다. 맞은편 벤치에 할머니들이 앉아 햇볕을 쬐고 있다. 할머니들에겐 일흔 몇 번째의 봄일 텐데, 그래도 여전히 봄이 오는 건 신기한 모양이다.

"어릴 때, 할머니랑 산 적이 있거든. 밤마다 할머니 목을 만지고 잤어."

윤성이가 말했다.

"목?"

"목주름이 좋았다고 하면 이상해? 만지면 부드럽게 잘 늘어났거든……. 할머니가 말이 없으셔서 그랬나. 난 다섯 살 때까지 말을 못 했대."

"말문이 늦게 트이는 건 지능 문제가 아니고, 성격이나 기질 차이래. 떠오르는 대로 단어를 내뱉는 아이들도 있고 완벽한 문장을 머릿속에서 떠올린 다음에야 말하는 애들이 있고……."

"그럼 다행이다."

"내 동생도 세 살 되도록 말을 못 해서 엄마가 걱정이 많았어. 엄마, 아빠라는 말도 못 하니까, 친척들이 한마디씩 했지. '때를 놓치면 안 돼' 파와 '무조건 기다려' 파로 나뉘어서. 하는 사람은 한마디씩인데 듣는 사람한텐 엄청나겠지. 엄마가 어느 날 동생을 유모차에 태우고, 공원을 산책하다 무심코 말했대. 나무가 많네……. 그때, 동생이 '나-무-?' 하고 소리 내어 묻더래. 한 몸처럼 붙어 다니면서 엄만 늘 혼잣말을 하고 있다고 생각했는데 동생이 다 듣고 있었던 거야."

"지금은?"

"지금은…… 장난 아니지. 과묵한 성격인 줄 알았는데, 못 말리는 수다쟁이야. 이젠 제발 조용히 좀 해 달라고 부탁해야 돼."

"비슷하구나."

동생과 내가 닮았다는 얘기겠지. 내가 너무 말이 많아 싫은 건 아닐까 생각하자 입이 다물어졌다.

"왜 갑자기 말이 없어?"

그래도 내가 말을 안 하자, 윤성이가 한마디 덧붙였다.

"난 네 얘기 듣는 게 좋아. 라디오처럼 계속 틀어 놓고 싶어."

내 눈을 보며, 윤성이가 'ON' 스위치를 켜는 시늉을 했다.

"고장 났나?"

"배터리가 없어."

쑥스러워 배터리 탓을 했다. 사실 같이 있으면, 어느 때보다도 배터리가 닳지 않는 기분인데도…….

"아, 배고파서 그런 거구나."

다인이와 자주 가던 분식집에 가고 싶었지만, 반 애들을 만날까 봐 신경이 쓰였다. 우린 편의점에서 삼각김밥을 사서 아파트 놀이터로 가기로 했다. 벤치 하나를 사이에 두고, 일행이 아닌 것처럼 조금 떨어져 앉았다.

"저기가 우리 집이야. 젤 왼쪽 3층."

나는 맞은편 107동을 가리키며 말했다. 집까지 알려 줄 필요는 없는데, 괜한 말을 했다는 생각이 곧바로 들었다.

"목련 나무 바로 위?"

"응. 한번은 노크 소리가 나서 창문을 열었더니, 나뭇가지

가 창문을 두드린 거였어. 창문 열면 놀이터가 바로 보이니까, 동생이 놀고 있으면 저기서 소리쳐. 밥 먹어!"

"여기 자주 와?"

"친구랑 거의 매일 왔었는데…… 바로 이 자리."

"다인이란 친구?"

재작년, 다인이와 처음 같이 온 곳도 여기 놀이터였다. 놀이터 한쪽에는 운동기구가 몇 개 놓여 있었다.

— 이게 내 우울퇴치법이야.

나는 거꾸리에 매달린 채 말했다. 거꾸리를 하면 모든 게 다 뒤집혀 보였다. 하늘, 땅, 아파트, 나무들, 사람들……. 거꾸로 뒤집힌 세상은 낯설고 기이해 보였다. 그런데 계속 보다 보면 어쩐지 안심이 됐다.

다인이는 거꾸리 발판에 한쪽 발만 올려놓은 채 말이 없었다.

— 우울할 때 이걸 십 분쯤 하면, 기분이 좋아져. 뭐 물구나무서기도 효과는 비슷해. 밖에 못 나올 땐, 침대에서 물구나무서길 해.

— 넌 진짜…… 우울했던 적이 없구나.

순간 얼굴이 확 달아올랐다. 거꾸로 매달려 있기 때문은

25

아니었다. 가짜 우울도 있나? 진짜 우울한 건 또 뭔데? 우울, 우울, 다들 우울하대. 근데 그게 도대체 뭔데? 그날 저녁, 학원으로 가는 버스 안에서 휴대폰으로 '우울'의 뜻을 검색하다가 우울증까지 살펴보게 됐다. 우울증에 대한 여러 기사들 중 눈에 띄는 구절이 있었다.

우울증의 주된 증상은 극심한 무기력증이다. 아주 쉬운 일조차 버겁게 느껴져, 닫힌 문을 열거나 떨어진 물건을 줍는 간단한 일도 할 수 없다. 우울한 사람에게 가벼운 운동이나 산책을 하라고 쉽게 권하는 건 우울증에 얼마나 무지한가를 드러내는 일이다. 이런 무지한 사람들의 시선이⋯⋯.

얼마나 무지한가를 드러내는 일이다. 얼마나 무지한가를⋯⋯. 거꾸리 십 분 하는 게 내 우울퇴치법이라고 말했을 때, 다인이가 지었던 씁쓸한 미소의 의미를 그제야 알 것 같았다.

"다인이는 어떤 애야?"

마치 내가 지금 무슨 생각을 하는지 보인다는 듯 윤성이가 물었다. 석 달 전이라면, 너는 어떤 애냐고 묻지 않고 다인이가 어떤 애냐고 물어서 다행이라고 생각했을 거다. 다인이는 어떤 일에든 자기 생각이 분명했지만 나는 흐릿했다. 그래서 나 자신보다 다인이에 대해 더 잘 안다고 생각했으니까.

"절교 문자 받은 적 있어?"

"그런 게 있어?"

"응. 그런 게 있어."

우리 이제 그만 만나.

잘 지내.

안녕.

작년 크리스마스이브에 성탄 카드 대신 절교 문자를 받았다. 유일한 친구 다인이에게서. 헤어질 때 조금씩 희미해지는 쪽을 택하는 사람들이 있고, 단번에 툭 끊어 버리는 사람들이 있다. 갑자기 끊어진 줄을 붙잡은 사람은 당연히 멍할 수밖에. 우린 매일 밤 10시에 통화하는 사이였다. 안녕. 잘자. 통화를 해야 하루가 끝났다. 어쩌다 못 하는 날은 하루가 끝나지 않고, 계속 이어지는 기분이었다. 그런 다음 날은 밀린 이야기 때문에 통화가 자정을 넘겼고, 엄마는 너희 연애하냐고 물었다. 자정 넘어서의 통화는 응급 상황이거나 사귀는 사이일 때뿐이라고. 우리가 사귄 건 아니지만 절교 문자를 받고 나니 태어나 처음으로 실연당한 기분이었다.

실연당한 기분? 그걸 네가 어떻게 알아? 실연하려면 연애부터 해.

다인이가 옆에 있다면 또 이렇게 빈정거리겠지.

마치 봄의 유행병처럼 절교 문자나 카톡을 보내는 게 친구들 사이에서 유행했던 적이 있다.

― 행운의 편지도 아니고 그게 뭐야. 싫으면 그냥 마음속으로 빨간 줄 그으면 되잖아.

내가 말했을 때, 다인이는 이렇게 대꾸했다.

― 마음이 흔들릴까 봐 다짐을 하는 거야.

하지만 내가 아는 다인이는 마음이 여린 것과는 거리가 멀다. 자기 말에 따르면 중학교 2학년 때부터 피우기 시작한 담배를 그해 겨울 방학식 날, 단번에 끊었다. 뭔가에 중독된 게 싫어졌다나? 담배를 하루아침에 끊는 사람이 뭔들 못할까. 말하자면 나는 담배처럼 해로운 사람이 된 거다, 다인이에게.

절교 문자를 받은 날부터 일주일 동안 잠들기 전, 다인이에게 물음표 하나만 찍힌 문자를 보낸 후, 휴대폰 화면에서 작은 점들이 몽글몽글 피어나는 순간을 지켜봤다. 작은 점들은 상대가 지금 메시지를 보내고 있다는 뜻으로 나는 그 점들이 이어지는 짧은 순간이 좋았다. 그러나 그 점들은 곧 사라졌고, 그걸로 끝이었다.

결국 나는 마지막 문자를 보내기로 했다. 다인이에게서 답이 없으면, 이건 진짜 우리의 마지막 문자가 되겠지. 무슨 말을 해야 할지 몰라 문자메시지 창에 물음표를 가득 채웠다가 하나씩 지우기만 했다. 이렇게 썼다 지우는 말들은, 보내지 못한 문자들은 어디로 사라지는 걸까. 보내지 못한 채 삭제된 메시지를 다 담으려면 얼마나 큰 휴지통 폴더가 필요할까. 물음표를 하나씩 지우다 보니, 빈칸만 남았다. 아무것도 쓰지 않은 빈칸. 글자 하나 이모티콘 하나 없는. 빈칸에 대고 전송 버튼을 눌렀다. 지우개로 쓴 문자를 다인이라면 알아볼지도 모른다. 그러나 빈칸은, 여백은 전송되지 않는다. 무엇이라도 적어야만 보낼 수 있다.

읽씹, 지옥.

빈칸 대신 내가 보낸 마지막 문자였다. 가끔 내가 다인이의 문자나 톡을 못 보고 지나칠 때가 있었다. 그러면 다인이는 '읽씹 열 번이면, 지옥 가서 백 번 읽어야 한다'고 말했다.

누가 그래? 너네 하느님이 그래? 아니. 내가 그래. 마치 생전에 남긴 음식을 죽어서 다시 먹는 벌을 받는 것처럼, 우리가 이곳에서 제대로 읽지 않고, 보지 않고 그냥 지나쳐 버린 것들은 언젠가 지겹도록 다시 보고 읽어야 한다고 네가 그랬지. 끝까지 읽은 책이 한 권도 없는 건, 지옥에서 심심할까 봐 남겨 놓는 거라고 했지. 답이 없으면, 이제 정말 끝이다.

그 이후 일주일간은 세수나 양치를 하는 짧은 순간에도 다인이가 갑자기 절교 문자를 보낸 이유에 대해 생각했다. 어떤 일에도 집중할 수 없었다. 학교나 학원 수업 시간에 계속 딴생각을 한 건 당연하고(이건 늘 그랬지만), 제일 좋아하는 작가의 웹툰도 볼 수 없었다.

— 엄마, 요즘 아줌마랑 연락 안 해? 다인이 엄마 말야. 아빠도 모른대?

엄마는 마치 처음 듣는 이름처럼, 다인이가 누군데? 걔 엄마가 누군데? 하는 표정으로 날 바라볼 뿐이었다.

— 한번 집에 찾아가 볼까?

그제서야 엄마가 입을 뗐다.

— 연락하지 않는 이유가…… 뭐겠니?"

이걸 모른다고 하면, 너무 당연해서 어떻게 이걸 모를 수가 있지 싶은 사실들을 모른다고 하면, 쿨하지 못하거나 스토커 같은 사람이 되나?

— 알지?

어른들이 이렇게 물을 때마다 할 말이 없어진다. 당연히
알지? 사실은 묻는 게 아닌 말들. 상대가 연락하지 않는 이
유는 뻔하다. 하기 싫으니까, 만나기 싫으니까. 엄마가 말하
는 단 하나의 이유를 알지만, 진짜로 아는 것은 아니다. 누군
가 좋아질 때 그런 것처럼 어느 날 갑자기 누가 싫어질 수도
있어, 라고 쉽게 말할 수도 있겠지만.

윤성이는 어느새 벤치 맞은편으로 자리를 옮겨 앉았다. 도
중에 내 목소리가 커지자 몸을 움찔했을 뿐, 대체로 조용히
눈을 마주치며 듣고 있었다.

"너처럼 듣는 사람은 처음 봤어."

말 잘하는 사람은 많지만, 잘 듣는 사람은 보기 힘들었다.
영어 듣기 평가 시험을 볼 때, 생각하곤 했다. 왜 국어 듣기
평가는 없어졌나요? 어른들의 경우엔 더 심했다. 어른들이
국어 듣기 시험을 본다면, 나이와 평균 점수는 반비례하겠지.
내가 본 어른들은 대체로 나이가 들수록 듣기 능력은 떨어져
자기 말만 하려 들고, 남의 말은 안 듣거나 흘려들었다. 다른
사람의 마음을 궁금해하고, 듣는 능력이야말로 제일 먼저 퇴

화하는 것인지도 몰랐다.

윤성이는 눈을 한 번 크게 깜빡였을 뿐, 아무 말이 없었다. 엄마처럼 연락하지 말라거나, 네 짐작과는 다른 이유가 있을지 모르니 다시 연락해 보라거나, 그냥 잊고 다른 친구를 사귀라거나 같은 말을 할 법도 한데, 아무 말도 하지 않았다. 그런데도 나는 그동안 가슴에 얹혀 있던 게 내려간 기분이었다. 사람에겐 딱 한 사람만 있으면 되는구나 싶었다. 맞은편에 앉아 가만히 들어 줄 단 하나의 눈동자만 있으면.

"상담료 내야겠다."

갑자기 침묵이 어색해져 주머니를 뒤지는 내게 윤성이는 가만히 자기 빈손을 내밀었다. 여자애의 것처럼 하얗고 가냘픈 손, 아무도 때리거나 다치게 할 수 없을 것 같은 손이었다.

나는 지갑을 꺼냈다. 교통카드로 쓰는 카드만 하나 있었다.

"카드도 받아?"

민망해서 해 본 말인데.

"당연하지……."

우린 스타벅스가 있는 건물을 지나쳤다. 혹시 스벅으로 들어가는 건 아니겠지 했는데 다행이었다. 이 동네 학생들은 전부 여기에서 공부하는 것 같다. 아는 애 한둘은 꼭 만나게 된다.

윤성이는 스타벅스 바로 옆 건물로 들어갔다. 엘리베이터가 없어서 3층까지 걸어 올라가야 했다. 초등 미술학원 '내가 그린 그림', 스터디카페 '작심삼일'을 지나치더니, 제일 구석에 있는 카페 '그냥'으로 들어갔다. 테이블이 다섯 개뿐인 작은 곳이었다. 3층까지 계단을 걸어 올라 카페에 오는 사람이 몇이나 될까. 예상대로 카페는 텅 비어 있었다.

"스벅 바로 옆 건물에 카페를 내다니, 진짜 용감하다. 물어볼까? 왜 그러셨어요? 무슨 생각으로?"

아저씨가 주문받은 음료를 갖다주고 간 뒤, 내가 작은 소리로 말했다.

"그냥."

윤성이가 테이블에 놓인 찻잔 받침의 '그냥'이라는 로고를 톡톡 치며 말했다.

"카페 이름이 왜 그냥이에요, 물어보면?"

"그것도 그냥, 그러겠지."

그냥은 어떤 것에 붙여도 말이 된다. 그냥 걸었어. 그냥 전화했어. 아무런 생각 없이 목적 없이 의식 없이. 어떤 망설임이나 주저함 없이. 무엇을 짐작하거나 헤아릴 겨를 없이…… 뭐가 없기 때문에 더 있어 보이는 말.

"그냥은 세상에서 제일 좋은 말 같아. 아니, 어차피 다른 나라 말은 모르니까. 한국어 중에서⋯⋯. 근데 회색 좋아해?"

"나?"

"다 회색이잖아. 지난번에도 그랬고⋯⋯."

"내가?"

지난번까진 말하지 말 걸 그랬다. 본인도 기억 못 하는 걸 내가 기억하고 있다니⋯⋯. 난 역시 먼저 생각부터 하고 말하는 성격이 못 된다.

"운동화는 흰색이었고 티셔츠는 검은색인데 잘못 빨아서 물이 다 빠졌어. 바지도 회색은 아니었지, 아마."

흰색과 검은색이 적당히 낡고 더러워지고 흐려져 회색에서 만난다. 그렇게 모든 게 회색이 된다.

"아닌데! 이거 원래 회색 맞잖아! 때 탄 것처럼 나오는 운동화 아냐?"

"그래. 사실 좋아해."

윤성이 포기하듯 말했다. 이게 뭐라고 힘겹게 자백할까.

"혹시 『회색인』이란 소설 알아?"

"알 리가, 책이랑 안 친해."

"『광장』을 쓴 최인훈 작가 소설 중에 『회색인』이란 게 있어."

그때, 이제 영업 종료라고 주인아저씨가 옆에 와서 말했다. 그런데 그 말이 내겐 반대로 '시작'이라고 들렸다. 이제부터 시작된다. 시작해도 된다. 내 안의 모든 '그냥'을 따라가도 된다.

카페 '그냥'은 우리 학교와 집 중간에 있었다. 매일같이 그곳을 오갈 때마다 나는 3층 구석진 곳에 있는 '그냥' 간판을 바라봤다. 학원 수업을 마치고 올 때면, 늘 간판에 불이 켜져 있었다. 긴 하루의 끝, 불 켜진 '그냥'이 내게 반짝이며 말하는 것 같았다.

안녕.
난 여기에 있을게.
그냥.

3
전원이 나간 것처럼

매트에 앉아 스트레칭을 하고 있는데, 발등 위로 묵직한
게 떨어졌다. 처음 보는 애가 내 발을 베개 삼아 누워 있었
다. 여자애는 잠시 눈을 뜨고, 내 쪽을 바라봤다. 사과의 말
을 기대하긴 힘들어 보이는 얼굴이었다. 잠이나 약, 술에 취
한 사람처럼 초점을 잃은 눈동자는 내 몸을 통과해 몸 너머,
허공을 향했다. 그 애의 머리맡에 걸리적거린 나는 사람도
아니고, 어떤 물건도 아니고, 아무것도 아니었다. 여자애는
이제 말없이, 조금 떨어진 왼편 매트 위로 다시 쓰러지듯 누
웠다.

"매트 앞쪽으로 나와 서 주세요."

모두 제자리에서 일어났다. 내 옆의 여자애만 빼고. 선생님은 잠깐 눈길을 주었지만 상관하지 않았다. 학교에는 간혹 그런 애들이 있었다. 수업 시간 내내 책상에 엎어져 잠을 자도 선생님들이 일어나라는 말조차 하지 않는 애들. 그 아이들은 계절이 바뀌면 자연스럽게 학교에 나오지 않았다.

"오늘은 요가 동작 중 빈야사를 합니다. 동작과 동작을 자연스럽게 물 흐르듯 연결하는 수련법인데요. 빈야사는 흐르다, 연결하다, 내려놓는다는 뜻도 있어요. 우리는 어디로든 흘러가고, 누구와도 연결될 수 있어요."

선생님의 시범을 따라 아이들은 나무가 되었다가, 태양, 엎드린 개, 고양이, 테이블이 되려고 애를 썼다. 여기저기서 비명과 신음, 웃음소리가 터져 나왔다. 그동안 옆의 아이는 아무것도 되려 하지 않았다.

"이제 왼쪽으로 돌아 양 무릎을 감싸고 태아가 됩니다."

왼쪽으로 돌아눕자 반듯하게 누운 여자애의 옆얼굴이 보였다.

"마지막으로 사바아사나. 여러분이 제일 좋아하는 시체놀이 자세죠."

시체놀이라는 말에 아이들은 안도의 한숨을 쉬었다.

"이제 편하게 매트에 누워 눈을 감아요. 오늘 수업은 여기까지. 각자 누워 있고 싶은 만큼 누워 있으세요."

선생님이 불을 끄자, 어둠 속에서 이제 모두 여자애와 같은 자세가 됐다.

어차피 다 이렇게 될 거잖아. 너희 모두.
어디로도 흐르지 마. 누구와도 연결되지 마.

옆의 아이는 이런 생각을 하고 있을까? 다른 아이들은 하나둘 일어나 교실 밖으로 나가고, 우리 둘만 어둠 속에 남았다.

수업료 대신 숙박료를 내야 한다고 할 만큼 교실에서 자는 애들은 많다. 수업 시간 내내 엎드려 있다가 쉬는 시간 종이 울리면, 부스스 깨어나는 아이들. 급식에 수면제를 타는 게 아닐까, 의심이 들 만큼 늘 잠에 취해 반쯤 멍한 상태로 친구를 사귀기 위해, 수다 떨려고, 급식을 먹으려고, 학교에 온다. 아니 다들, 다른 아이들도 학교를 다니니까 온다. 별수 없이 다른 아이들처럼 되려고. 보통의 열일곱 살이 되려고. 국어 시간에 수학 문제집을 풀고, 영어 시간에 수학 숙제를 하고, 과학 시간에 영어 단어를 외우면서, 교과서 밑에 휴대폰을 숨겨 두고 몰래 웹툰을 보면서 계속 온다. 온다. 오면서 이번 생은 망했어, 라고 말한다. 중간고사를 망쳐도, 학원 레벨 테스트에서 떨어져도, 남친과 헤어져도 이생망이다. 그런 말을 하는 아이들 중 진짜로 자기 인생이 망했다고 느끼는 사람은 없겠지. 사실 망할까 봐 두려운 거야. 아직은 안 망했어. 어떤 안도감마저 느껴지는 엄살. 진짜 망한 사람은 망했다는 말조차 할 수 없겠지. 이 애처럼…….

종례는 여느 때처럼, 담임 대신 반장이 할 테니 꼭 교실로 돌아갈 필요는 없었다. 선생님이 틀어 놓고 나간 음악은 우리를 사하라 사막으로 데려갔다가 황하강을 건너게 했다가, 우주 한가운데서 떠돌게 만들었다.

그날도 다인이와 난 떡볶이를 먹고 있었다. 창밖으로 비가 내리고 있고, 가게에서 라디오가 흘러나왔다. 비가 내리고 우울해서 떡볶이를 먹으러 왔다는 사연이 나와서, 우리는 한참 같이 웃었다.

— 난 진짜 우울한 게 뭔지 잘 모르겠어.

분식집을 나오며 내가 말했다.

다인이는 말없이 가방 안에서 우산을 꺼내 내 쪽으로 기울여 씌워 줬다.

어떤 일이든 심하게 겪은 사람은 오히려 그것에 대해 말을 잘 못 한다. 그날의 다인이도 그랬다.

─ 슬프고 화난 거랑 다르겠지.

태어나서 한 번도 독감에 걸린 적 없는 사람에게 독감이
어떤 건지 설명해야 하는 것 같았을까?

─ 달라…… 전원이 꺼진 적 있어?

휴대폰이나 컴퓨터 얘기를 하는 게 아니란 건 알았다.

─ 난…… 꺼졌어. 침대에서 못 일어나. 문을 열면 바깥이
있다는 건 알지. 몇 걸음만 가면. 아는데 갈 수가 없어.

초등학교 때, 다인이는 친구들이 개그 유튜버를 해 보라고
할 정도로 사람들을 웃기는 걸 좋아했다. 심각하고 어두운
분위기를 견디지 못했고, 누군가를 웃겨야만 안심이 됐다.
중학교 입학 후, 어느 날 친구들과 학교 앞 카페에서 눈물이
날 정도로 떠들며 웃다가 헤어져 집으로 돌아가는 길, '그것'
이 다인이를 찾아왔다. 사람들과 재밌고 즐거운 시간을 보낸
뒤 혼자가 되었을 때, 밀려오는 공허함에 온몸이 삼켜진 것
같았다고 했다.

이상한 일이다. 다인이를 만나지 못하게 되자, 비슷한 여
자애가 나타났다. 예전에 알았던 누군가를 떠올리게 된다는
이유만으로 사람들은 얼마나 쉽게 낯선 사람에게 호감을 느
끼게 되는 걸까. 새로운 사람을 만날 때마다 예전에 알았던
사람을 떠올리게 된다면, 한 번 만난 사람과 완전히 헤어지

는 일은 불가능할지도 모른다.

휴대폰 알람이 울렸다. 영어 학원 갈 시간이다. 교실 밖으로 나오기 전, 어두운 교실에 혼자 남은 여자애를 바라봤다. 혹시 내 눈에만 보이는 애가 아닐까 하는 의심이 들었다. 가끔 나는 내가 보고 있는 게 다른 사람들 눈에도 그대로 보이는지 궁금했다. 교실에 들어와 가방을 챙기는 동안, 여자애의 이름은 예리이고, 그 애의 반 몇 명이 예리가 학교를 언제 그만둘지 내기를 걸고 있다고, 모르는 게 없는 소식통 민아가 알려 주었다.

다음 주 다시 돌아온 특별활동 시간. 마지막 시체 자세로 누워 있던 아이들이 팔짝거리며 교실 밖으로 나가고, 예리는 여전히 제자리에 누워 있었다. 나는 몸을 반쯤 일으켰다가 다시 예리에게서 조금 떨어진 자리에 누웠다.

예리는 눈을 뜨고 교실 천장을 바라보고 있었다. 아니, 그 눈은 아무것도 바라보지 않았다.

눈잣나무, 눈향나무. 거친 바람과 맞서기 위해 바닥에 낮게 눕거나, 옆으로 비스듬히 누워서 자라는 나무가 있다던 이명희 선생님의 말이 떠올랐다.

"혹시…… 꽃가루 알레르기 있니?"

내가 물었다.

예리는 눈을 감고, 아무 대답도 하지 않았다.

"햇빛 알레르기는?"

이번에도 역시.

*

입장객 없는 고요한 나무고아원을 독차지하는 것, 이게 숲지킴이의 제일 좋은 점이다. 나는 예리를 데리고 흔들다리 옆, 나무 사이 걸어 놓은 해먹 쪽으로 갔다. 내가 먼저 해먹에 눕자 예리도 옆의 해먹에 누워 눈을 감았다.

그것 봐. 교실 바닥에 누워 있는 것보단 낫잖아.

나는 해먹에 누운 채 구름이 흘러가는 걸 지켜봤다. 동생과도 잠깐 이 해먹에 같이 누운 적이 있긴 했다. 그때 동생은 '어디로'에 꽂혔던 때라, 구름은 어디로 흘러가? 비는 어디로 가? 어디로, 어디로, 그래서 결국엔 어디로 가? 수십 개의 질문을 쏟아 내서, 제대로 누워 있을 수도 없었다.

"여. 기. 서. 뭐. 해?"

눈을 감고 있는데, 윤성이 다가와서 물었다. 먼 과거에서 들려오는 것 같은 것 목소리로.

"그냥. 비타민 D 합성."

윤성이는 예리의 얼굴을 흘깃 보고 조금 떨어진 벤치에 앉았다. 해먹은 두 개뿐이었다. 다른 아이들이 학원이나 독서실에 있을 시간에 우린 여기서 이러고 있구나 싶었다. 누운 채로 바라보니 멀리 아파트며 학교가 있는 동네가 작게 보였다. 가슴을 졸이게 만드는 모의고사며 성적표, 모든 것들이 지금 이 순간엔 사소하고 하찮게 느껴졌다. 너희는 지금 절벽 끝에 있는 것과 같다고, 정신 똑바로 차리지 않으면 바로 추락한다던 담임의 말이 떠올랐다. 그런데 정신 똑바로 차리는 건 어떻게 하는 거지?

"자리 바꿀까?"

벤치에 앉은 윤성이에게 말했다.

"아니. 난 됐어. 흔들어 줄까?"

"어?"

말뜻을 단번에 이해하지 못해 되묻자, 윤성이는 해먹을 가리켰다.

"그래."

얼결에 대답하자, 윤성이 해먹을 장난스레 세게 흔들었다. 하마터면 중심을 잃고 옆으로 쓰러질 뻔했다.

"이 자리가 탐나면 그렇다고 말을 해."

"아냐."

둘이서 해먹 하나를 두고 실랑이하는 동안에도 예리는 감은 눈을 뜨지 않은 채 미동도 없이 누워 있었다.

우리는 노을이 지는 것을 보다가 겨우 몸을 일으켜 양옆으로 메타세쿼이아가 줄지어 서 있는 산책로를 걸어 나왔다.

"저기 너희 집 작게 보인다."

윤성이가 말했다.

"어디?"

"저 아파트, 저기 목련 나무 있는 데. 3층 맞지?"

윤성이가 가리키는 손가락 끝에는 정말 내 방 창문이 있었다. 여기서 우리 집을 찾아볼 생각은 한 번도 못 했다. 예리와 함께여서 안심이 됐다. 윤성이랑 둘만 걷고 있는 걸 다른 아이들이 본다면, 남친 생겼느냐는 추궁을 당하며 무척 피곤해질 터였다.

우리는 잠시 개울 옆 다리에 멈춰 말없이 서 있었다. 가벼운 바람이 불어왔다. 적당한 온도와 습도로 얼굴을 기분 좋게 간지럽히는 바람이 부는 날, 학교도 학원도 집도 아닌 야외에 있다니, 행복했다. 잠시 후, 재밌고 즐거운 시간을 보낼 때면 어김없이 찾아오는 담임의 목소리가 들렸다. *언제까지 이렇게 놀 수 있을 것 같아? 지금 놀다간 평생 노는 어른이*

된다. 평생 노는 어른이 어때서요. 그게 제 꿈인데요. 언젠가 담임에게 말하고 싶었다.

우린 산책로 왼편에 있는 샛길 쪽으로 향했다. 샛길 끝에는 얕은 개울이 있었다.

"물이 깨끗하네. 저기 봐! 물고기가 있어. 저건 송사린가?"

개울을 잠시 들여다보던 윤성이 말했다. 우리는 개울 앞 풀밭에 조금씩 떨어져 앉았다.

"어릴 때, 미꾸라지를 칼로 자른 적이 있어."

"왜?"

윤성이가 한 뜻밖의 말에 놀랐다. 아무도 해칠 수 없을 것 같은 그 손으로?

"미꾸라지랑 플라나리아를 헷갈려서. 형이 알려 줬거든. 플라나리아는 칼로 잘라도 안 죽는다고. 그래서 아무 생각 없이 칼로 반을 자르고, 이거 왜 안 살아나? 물으니까 형이 그랬어. 사람이 보고 있는 동안엔 안 살아난대. 우리가 안 보고 있어야 살아난대. 마당 그늘진 곳에 물을 담아 넣어 놓고 잊고 있으래. 아침마다 확인했어. 오늘은 살아났나, 살아났나……."

그때, 남자애 하나가 우리 옆을 지나갔다. 지킴이 활동 때마다 고개를 돌리게 만드는 녀석.

"뭐 하냐? 여기서?"

다른 때처럼 지나치지 않고, 웬일로 날 알은체했다.

"그냥."

"풀 구경하냐?"

치졸한 녀석. 그래, 이 말을 하려고 그랬구나. 아무런 대꾸를 안 하자, 녀석은 머쓱한 얼굴로 풀을 몇 포기 뽑아 개울로 던지곤 가 버렸다.

"아는 애야?"

"응. 같은 학교 나왔어."

나는 다음 말을 할까 말까 망설였다. 윤성이가 계속 뭔가 말하고 싶게 만드는 그 얼굴로 날 쳐다보고 있었다.

"초등학교 3학년 때, 선생님이 풀을 다른 종류로 다섯 개 가져오라고 한 거야. 문구점에 가서 풀 다섯 개 주세요, 그러니까 아줌마가 놀라서 물었어. 그렇게 많이 필요해? 그때 뭔가 이상하단 생각은 했는데, 다른 애들이 가져온 건 그래, 다이 풀이었던 거야. 짝이 교과서를 펼치면서 조그맣게 속삭였어. 제목이 '자연 관찰'이잖아. 그러게. 제목이 이런데, 이렇게 당연한 걸 난 왜 오해했지? 왜 모두가 제대로 알아들었는데, 나만 못 알아들었지? 주위를 둘러보니, 다들 제대로 가져왔더라고. 엉뚱하게 알아들은 나만 모자란 거구나 생각하는데, 우리 반에 나 말고 딱 한 명 더 있었어. 나처럼 풀 다섯 개를 사 온 인간이."

"걔가 아까 걔야?"

윤성이가 물었지만, 그렇다고 대답하지 못했다. 그런 녀석과 동급이었다는 걸 인정 못 해서. 아무리 그게 팩트라 해도.

"걔 맞구나?"

"……."

대답을 않자, 이번엔 예리가 나를 바라보며 속삭였다.

"가가 가가?"

어, 말했어. 윤성이와 나는 놀라서 잠시 서로 쳐다보기만 했다. 가가 가가. 마치 한글을 처음 배우는 아이가 첫 페이지의 글자를 소리 내어 또박또박 읽듯이 예리가 말했다.

"가가 가가? 응? 가가 가라고 왜 말을 못 해? 천생연분이라고 놀릴까 봐?"

이번엔 윤성이가 예리의 말을 따라 하다 재미 들렸는지, 계속 '가가 가가'를 묻고 또 물었다. 윤성이와 예리는 이제 가가가가 거리며 웃었다.

"너흰 이게 재밌니? 이런 게 바로 아재개그야, 같이 못 놀겠네. 진짜 이게 재밌니?"

예리가 웃고 있었다. 전 주인이 버리고 간 화분, 잎이 완전

히 말라붙어서 아무리 물을 주고, 흙을 갈고, 영양제를 놓아
도 도저히 살아날 가능성이 없어 보였던 화분에서 이름을 알
수 없는 꽃이 피기 시작했을 때, 날 붙잡고 이것 좀 보라던
엄마의 마음이 이랬을까.

4
명랑한 우울

내일 뭐 해?

윤성이에게서 카톡이 왔다. 내일 뭐 해, 내일 뭐 해? 너무 빨리 답장하지 않으려고 한 시간 동안 계속 내일 뭐 할까를 생각했다. 내일, 내일, 내일을 계속 되뇌다 보니, 내일은 오늘 다음 날이 아니라 앞으로 다가올 무수한 내일들, 미래를 말하는 것 같기도 했다. 그렇지만 오늘이 수요일이니까 내일은 당연히 목요일이겠지.

나: 모레부터 중간고사야. (하지만 모레는 오지 않을 수도 있어.)

윤성: 우린 내일부터……. 낼 영화 보러 갈래?

나: 시험 기간에?

윤성: 공부는 평소에 하는 거지, 시험 기간에 무슨 공부?

이런 말 하는 애치고 평소에 공부하는 걸 못 봤다. 시험 기간엔 평소보다 훨씬 일찍 하교한다. 보통 학원에 가서 마지막 벼락치기를 하지만 독서실에서 자습하겠다고 학원 수업을 빠지는 것도 가능하다.

"내가 오늘 전체 대관했어."

윤성이 아무도 안 믿을 농담을 할 만큼 목요일 오후의 극장엔 사람이 없다. 영화 시작 전에야, 한 아저씨가 들어왔다. 오늘이 쉬는 날일 수도 있고, 담임 말처럼 평생 노는 어른일지도 몰랐다. 관객이 없어서 우린 원하는 자리에 각자 떨어져 앉기로 했다. 예리는 왼쪽 끝에 앉고 나는 오른쪽 끝. 이제 예리는 어디든 나와 같이 다녔다. 예전에 다인이랑 그랬던 것처럼.

"왜 가운데 놔두고 다 구석으로 가?"

윤성이 물었다.

구석집착증. 어디든 가운데는 마음이 불편한 심리. 이건 나와 예리가 비슷했다.

영화가 시작되기 전, 중앙에 앉은 윤성이의 뒤통수가 자꾸 왼쪽으로 향했다. 윤성이를 바라볼 때마다 그의 시선이 좇고 있는 곳은 하나였다. 불이 꺼지고, 영화가 시작됐지만 집중할 수가 없었다. 어둠 속에서 점점 또렷해지는 사실 때문에. 왜 당연히 나를 좋아할 거라고 생각했을까? 라디오처럼 계속 틀어 놓고 싶다고 해서? 산책로에서 손가락으로 내 방 창문을 가리키던 것 때문에? 밥 먹을 때 습관적으로 틀어 놓는 티비나 라디오처럼 들어도 그만, 안 들어도 그만. 더 중요한 전화가 오면 그냥 음소거를 시켜 버리는 배경음 같은 것일 텐데.

초등학교 5학년 때, 주일학교 선생님에게 했던 질문이 떠올랐다.

— 사람은 하느님을 닮게 만든 것 맞죠? 그럼 하느님도 사람처럼 장난을 치고 농담을 해요? 신경질, 짜증도 내고 심술도 부리고? 약한 사람을 갖고 놀기도 하고 비웃기도 해요? 선생님도 몰라요?

— 성경을 끝까지 읽어 봐. 거기에 다 답이 나와 있어.

— 선생님은 다 읽었어요?

— 아직……

— 그럼 난 죽을 때까지 모르겠네요.

성경을 끝까지 읽진 못했지만, 이제 알 것 같다. 하느님은 장난치기 좋아하고, 때로는 비웃는다. 오늘 우리가 본 영화 제목이 「블라인드」니까. 눈을 감고 있는 건 영화 속 주인공인 줄만 알았지? 이건 우연이 아니다. 나는 영화를 보는 내내 장난치기 좋아하는 짓궂은 하느님의 웃음소리를 들었다.

"다음엔 아주 무서운 영화 볼까?"

영화가 끝나고, 윤성이가 우리에게 물었다.

"좋아. 티모시 샬라메 나오는 공포 영화 어때? 너 팬이잖아."

이번엔 예리가 내게 말했다.

"난 피범벅 영화 안 봐. 아니 못 봐. 다음엔 너희끼리 봐."

내 말에 윤성과 예리는 어떻게 그러냐는 표정으로 서로를 쳐다봤다.

일주일 후 특별활동 시간, 교실로 들어오는 예리는 헐렁한 트레이닝 바지 대신, 곧게 뻗은 긴 다리에 붙는 레깅스를 입고 있었다. 레깅스를 한 번이라도 입어 본 사람은 안다. 레깅스를 입는 일엔 일종의 의지와 노력이 필요하단 걸. 의지라니, 그건 예리에게선 찾아볼 수 없던 것이었다. 내가 모르는 둘만의 시간, 무엇인가 일어났다.

"어제 영화 재밌었어?"

수업이 끝나고 물었을 때, 예리는 웃으며 그저 고개를 끄덕이기만 했다.

하굣길 교문 앞, 발밑에 고개를 떨어뜨린 익숙한 윤성의 뒷모습이 보였다. 이제 우리 쪽으로 다가오는 윤성이 누구 쪽에 설지, 나는 뻔히 알 것 같았다. 예리와는 한 걸음, 나와는 두 걸음쯤 떨어진 거리에 윤성이가 멈춰 섰다. 한 걸음 차이지만, 그건 아득한 거리였다.

윤성이는 평소 입던 낡은 회색 티셔츠가 아닌, 윤이 나는 네이비 색 셔츠를 입고 있었다. 새로 산 옷을 바로 입은 것인지 접혔던 자국까지 선명했다.

"나 먼저 간다."

나는 그 애들에게서 몇 발자국 더 떨어지며 말했다.

"어, 왜?"

당황한 듯 윤성이 물었다.

"약속이 있어서."

"남친 생겼어?"

윤성이 놀리듯 물었다.

"응."

"뭐? 언제?"

"그렇게 됐어. 너희만 연애하란 법 없잖아."

나는 웃는 얼굴로 말했다.

빨리 자리를 피하려고 어쩌다 거짓말까지 해 버렸다. 그 애들의 1일이 시작되면서, 자연스레 나는 사라져야 할 때가 왔다. 너희의 새로운 시작. 그리고 나의 끝. 내일이면 아무 일도 없던 것처럼 깨끗이 지울 거야, 흔적도 없이.

"누군데?"

윤성이와 예리가 뒤따라오며 물었다.

"몰라도 돼."

"누군데? 혹시 가가 가가?"

"그만해라."

"그럼 누군데?"

"최우식 닮았어. 오늘은 여기까지. 너희끼리 잘 놀아."

"우리가 한번 볼게, 진짜 닮았는지. 따라가자."

윤성이가 장난기 가득한 얼굴로 예리에게 말했다. 둘은 이제 대놓고 날 미행하기 시작했다.

"그만 따라와. 너희 갈 길 가!"

그래도 둘은 어설픈 탐정처럼 서로 눈짓을 주고받으며, 멈추지 않고 따라왔다. 너희는 이제 커플이구나, 한 팀이구나. 앞만 보고 뛰다 뒤돌아봤을 때, 이제 더 이상 둘의 모습이 보이지 않았다. 나는 그 자리에 주저앉았다. 보이지 않았다. 이제 둘은 내가 볼 수 없는 곳에 있었다.

동네를 헤매다 갈 곳이 없어 결국 집 앞 놀이터로 왔다. 왜 하필 여기로 왔을까. 여기 정자는 이 동네 고딩들의 연애 장소로 유명한데. 새우깡을 놓고 캔맥주를 마시는 고딩들, 남자애 무릎 위에 앉아 노닥거리는 여자애들. 서로 간지럼을 태우거나, 귓속말을 하고, 키스를 하고. 그래서 다인이랑 난 약속했었다.

— 우린 절대 동네에서 저러지 말자!

— 최소한 버스 세 정거장 이상은 벗어나기!

맞은편에 엉겨 있는 또래 커플이 보였다. 자릴 피하고 싶지만, 몸과 마음이 너무 지쳐 어디로든 갈 엄두가 나지 않았다. 벤치에 앉아 날이 점점 어두워지는 걸 지켜봤다. 어둠 속에 완전히 내 모습이 가려질 때까지.

얼마 전 바로 이 벤치에서 내 얘기를 조용히 듣고 있던, 윤성이의 얼굴이 떠올랐다. 가만히 내밀던 손도……. 아무도 때리거나 다치게 하지 못할 것 같다고 생각했던 그 손. 이제 그 손을 잡을 수 있는 사람은 내가 아니었다.

소년과 소녀가 만난다.

둘은 서로를 첫눈에 알아본다.

몇 번 읽은 로맨스 소설은 거의 이런 식이었다. 내가 태어나 처음으로 좋아하는 사람은 당연히 나를 알아보고, 나를 좋아할 거라 생각했다. 틀렸다. 틀렸다. 나는 틀렸다. 물론 그동안 여러 방면에서 자주 틀렸지만, 이번엔 제대로 틀렸다.

맞은편 벤치엔 이제 다른 커플이 앉았다. 오십 대쯤 되어 보이는 아줌마와 아저씨. 어둠 속에 앉아 있는 중년의 두 사람. 한눈에 딱 보기에도 떳떳하지 않은 관계, 부적절한 관계라는 느낌이 마치 술 냄새처럼 풍겨 나왔다. 또래 아이들이 취한 모습은 가끔 보았지만, 위험하게 느껴지진 않았다. 애들은 취해서 혀가 꼬여도, 비틀거려도 귀여운데, 나이 든 사람이 취한 건 왜 그런지 꼴 보기 싫다. 아니, 우리 동네 왜 이렇게 된 거지?

그들 옆을 빠른 걸음으로 지나칠 때 아줌마의 술 취한 목소리가 들렸다.

"오빠."

취한 아줌마의 한마디에, 순간 머리끝이 쭈뼛해졌다. 옆의 아저씨에게 오빠라니, 오빠라니. 불쾌한 기분에서 벗어나고 싶어 도망치듯 빨리 걸었다. 아줌마의 목소리가 뒤에서 다시 들렸다.

"오빠, 난 이제 진짜 사랑이 하고 싶어."

오빠는 뭐고 진짜 사랑은 또 뭐야? 그동안 계속 가짜 사랑만 하고 살았나?

아줌마의 목소리를 피해 집까지 한걸음에 뛰었다. 우리 집은 3층이라 보통은 계단으로 다니지만, 오늘처럼 계단 한 칸도 올라갈 힘이 없는 날은 엘리베이터를 탔다. 엘리베이터 문이 열리고, 거울 속에 내 모습이 비쳤다. 넌 벤치에 앉은 아줌마랑 뭐가 달라. 오늘 계속 어두워지기만을 기다렸잖아.

다인이한테 절교 문자를 받았을 때, 인생 최대 시련이라 생각했지만, 더 심한 일이 남아 있었다. 아니야, 이건 아무것도 아니야. 모두 그렇듯, 말할 수 없는 비밀을 하나 갖게 된 것뿐이야. *한 남자 두고 두 여자가 경쟁하는 거, 그것만큼 꼴불견은 없어.* 다인이가 예전에 한 말이 떠올랐다. *다른 사람 눈에도 보이면, 그 사람은 내 것이 아닌 거야. 난 내 눈에만 보이는 사람을 찾을 거야.* 항상 맞는 말만 했던 다인이. 그런 다인이가 날 만나지 않기로 결정했다면, 그것 역시 맞는 결정이겠지.

어두운 방에 누워 휴대폰만 들여다봤다. 우리는 며칠 전부터 밤에도 카톡으로 게임을 했다. 더 바보 같은 일을 한 사람이 이기는 게임. 수업 시간에 실수를 할 때면, 예전엔 그냥 잊어버리려 애썼는데, 이젠 기억하려고 했다. 오늘의 새로운 실수는 어제의 실수를 잊게 만들었다. 그래서 방 이름이 '명랑한 우울'이었다. 명랑한 우울이라니 세상에 그런 것도 있나 싶었지만, 예리가 뭔가 제안한 것은 처음이었기 때문에 그대로 채택되었다.

뭐 해?

나도 모르게 '명랑한 우울' 방에 써 버렸다. 누군가 먼저 "뭐 해?"라고 톡을 쓰면, 그날의 대화가 시작됐다. 그러나 그 애들은 오늘 접속하지 않는다. 밤늦도록 "뭐 해?" 옆에 붙은 숫자는 줄어들지 않는다. 누가 보기 전에 "뭐 해?"를 삭제했다. 삭제된 "뭐 해?"는 더 어색하고 이상해 보였다. 쓴 게 부끄러워서 지웠는데, 지운 게 더 부끄러워졌다. 어제 뭐 했어? 주말에 뭐 했어? 예리와 만나면 당연히 묻던 것을 나는 더이상 묻지 못하리라는 예감이 들었다.

이제 내가 뭘 해도, 뭘 안 해도 우리 셋의 관계는 어색하고 이상해질 것 같았다. 더 이상 우리는 며칠 전의 우리가 아니니까.

*

앞만 보고 걷자, 앞만…… 목에 깁스라도 한 사람처럼, 고개를 절대 옆으로 돌리지 않고 직진만 했다. 얼마나 힘을 주었는지, 목덜미가 뻐근했다. 그러다 한번 방심했고, 고개가 어느새 왼쪽으로 돌아가 있었고, 그동안의 노력이 무색하게 카페 그냥 간판을 봐 버렸다.

여전히 그곳에서 '그냥'은 빛나고 있었다. 예전엔 꼭 어둠 속의 날 위해서 반짝이는 것만 같았는데.

그래, 그럴 리 없었다.

*

알람 소리에 깨서 휴대폰을 봤다. 오늘의 할 일 — 바람과 햇살. 지킴이 활동하는 날인 걸 알고 잠시 마음이 들떴다. 지난달에 그랬던 것처럼. 그러다 서서히 잠이 깨면서 그 애들은 이미 사귀고 있지, 하고 들떴던 마음이 가라앉았다. 나무고아원에 가기 전, 거울 앞에서 최대한 자연스럽게 웃는 연습을 했다.

윤성이와 예리는 벤치 끝자리에 앉아 있다가 날 보고 반 갑게 손을 흔들었다. 나도 손을 흔들곤 멀찍이 떨어진 자리에 앉았다. 예리가 자기 옆 빈자리를 가리키며 그쪽으로 오라고 손짓했지만, 나는 못 본 척했다.

"이 꽃은 라일락인데, 다른 이름은 수수꽃다리예요. 어떤 이름이 더 예뻐요? 라일락? 수수꽃다리?"

라일락이든 수수꽃다리든, 어떻게 불리든 예쁜 건 변함없었다.

"대부분의 꽃은 곤충들이 활동하는 낮에 향기를 뿜는데, 수수꽃다리 향기는 밤에 더 두드러진대요. 이 꽃이 피는 5월 바로 요즘. 세상이 젤 예쁠 때죠."

선생님은 삼십 분간 눈을 감고 아무 생각도 하지 말고, 얼굴과 몸에 닿는 바람과 햇살만을 느끼라고 했다.

아무 생각도 하지 말기, 생각을 끊기. 이제 모든 걸 잊고, 공부에 전념하자, 여름방학 특강부터 신청하자, 다짐하는데, 네가? 네가? 네가? 메아리처럼 들려오는 목소리가 있다.

어제 교실에서 아이들은 그거 들었느냐고 서로 묻고 있었다. 예리가 연애를 한다는 소문. 학교란 데가 이렇게 무시무시한 곳이다. 은밀한 사생활이란 게 없다.

— 나 봤어. 걔가 며칠 전에 어떤 남자애랑 같이 전동킥보

드 타고 가던데.

— 어, 그거 엄청 위험한데. 킥보드 둘이 타면 안 돼. 저번에 사거리에서 사고 났잖아. 엄청 많이 다쳤어.

— 맞아, 뉴스에도 나왔어.

— 근데, 그런 애들이 타지 말란다고 안 타겠니? 언제 한번크게 다쳐 봐야 정신 차리지.

그런 애들, 어른 말 안 듣다 사고 치는 애들. 그런 애들이 내가 아는 윤성이와 예리가 맞니? 걔네가 뭘 탄다고? 잘못봤겠지. 아닐 거야.

나는 어느새 윤성이와 예리가 전동킥보드를 같이 타는 모습을 상상하고 있다. 킥보드 타기 넘 좋은 날씨야. 예리는 윤성이 뒤에서 허리를 안고 있다가 귓속말을 한다. 바람 때문에 목소리가 잘 들리지 않는다. 뭐라고? 지금 뭐라고 했어? 윤성이가 뒤를 돌아본 순간, 킥보드가 차도로 쓰러진다. 나도 모르게 몸을 크게 움찔했는지, 선생님이 가만히 뒤에서다가와, 진정하라고 손으로 어깨를 지그시 눌러 주었다.

"자, 이제 천천히 눈을 뜨고, 주변을 한번 바라보세요. 뭐가 보이는지……."

선생님, 꼭 눈을 떠야 할까요? 눈을 뜨자, 미동도 없이 나란히 앉아 있는 윤성이와 예리의 뒷모습이 보였다.

선생님은 오늘의 바람과 햇살은 어땠는지 한 명씩 돌아가 며 말해 보자고 하셨다. 처음엔 그냥 느껴 보라고만 하더니 이럴 줄 알았다. 뭐든 느끼면 느끼는 대로 가만 놔두면 안 돼 요?

"따뜻하니…… 졸기 딱 좋았어요."

늘 붙어다니는 단발머리 무리 중의 한 여자애가 말했다.

"바람이 간질간질해서 좋았어요."

"저도요."

끝날 시간이 몇 분 남지 않아, 내 차례까진 오지 않길 바랐 다. 저도 좋았어요. 얼버무리면 될 일인데.

"전……."

뜸을 들이는 바람에 더 주목받게 돼 버렸다.

"……싫었어요."

상한 음식을 억지로 삼키려다 끝내 뱉어 버리는 것처럼, 결국 말했다.

"왜 그런 기분이 들었는지……."

선생님은 갑자기 어색해진 분위기를 바꿔 보려고 애썼다. 오늘 아침 내가 그랬듯 선생님도 매일 거울을 보며 억지로 웃는 연습을 할 것 같다는 생각이 들었다.

말해 줄 수 있겠느냐고요?

나는 다문 입을 열지 않았다. 선생님이 그래, 말하기 싫을 때도 있지 하는 얼굴로 고개를 끄덕였다. 다른 아이들은 어딜 가나 있는 지겨운 관종을 볼 때처럼 따분한 표정이었다.

"무슨 일 있어?"

예리가 뒤쪽으로 슬금슬금 다가와서 조그맣게 속삭였다. 예리의 긴 머리카락이 바람에 가볍게 날리고 햇살에 드러난 얼굴이 어느 때보다도 더 반짝거렸다.

바람과 햇살을 견딜 수 없는 사람도 있다. 사람에게 바람과 햇살이 꼭 필요하다고? 어떤 사람에겐 오히려 해롭다. 빛 하나 들어오지 않는 깊은 동굴로 도망치고 싶다. 아무도 보이지 않고, 아무 소리도 들리지 않는 그런 곳. 아무도 날 보지 않아서 거울 볼 필요도 없는 곳. 세상의 아름다운 것들을 볼 때면 지금 내 모습이 추하다는 걸 깨닫게 되니까.

윤성이와 예리는 내게 예전처럼, 해먹에 누워 같이 놀다 가자고 하지만, 난 거절할 핑곗거리를 찾는다. 제일 만만한 학원 보충이나 남친(있지도 않은).

"너희 둘만 있는 게 좋잖아?"

"아냐, 너도 있어야 재밌지. 다음 주는 어때?"

"안 될걸."

셋이서 메타세쿼이아 길을 걷는 동안 예리가 계속 물었다. 이렇게 말을 많이 할 줄 아는 애였다는 게 놀라웠다.

며칠 뒤 예리는 종례 마치자마자 교문 밖으로 뛰쳐나가는 날 붙잡아 또 한 번 놀라게 했다.

"선생님, 실례 좀 하겠습니다. 오늘 저랑 동행하시죠."

예리는 범인을 체포하는 형사처럼 내 뒤에서 팔짱을 꼈다.

"영장 있어요? 없죠? 없으면 거부합니다!"

사회 시간에 주워들은 말을 읊으며 팔을 빼려고 했지만, 예리의 힘이 더 셌다. 팔을 죄어 오는 힘을 느끼며, 나는 어떻게 예리가 다시 이런 힘을 되찾은 건지 궁금해졌다.

"어디 가는데?"

"가 보면 알아. 오늘은 절대 도망 못 가."

카페 그냥으로 갈 줄 알았는데, 뜻밖에도 예리는 날 학교 건너편 주상복합건물로 데려갔다. 엘리베이터가 15층까지 올라가는 동안에도 예리는 팔짱을 풀지 않았다. 예리의 집일 거라 생각했는데, 벨을 누르자 현관문을 열고 나온 사람은 앞치마를 두른 윤성이였다.

"너 내일 생일이잖아. 생일은 남친이랑 보내고, 오늘은 우리랑."

윤성인 원래 엄마하고 형이랑 사는데 엄마가 요즘 병원에

입원 중이라고 했다.

"편하게 앉아 있어."

윤성이가 부엌 쪽으로 가며 말했다. 예리는 소파에 가방을 내려놓고, 그제야 팔짱을 풀었다.

"며칠 전에 전화했거든……. 여보세요, 그러는데 얘 목소리야. 그래서 난데, 오늘 약속 못 지킬 거 같아. 낼 봐. 그랬더니 저쪽에서 몇 초 침묵……. 순간 뭐지? 싶었어. 네, 그렇게 전해 줄게요. 아까랑 똑같은 목소리로 그러는 거야."

예리의 옆얼굴을 바라보고 있자니, 이 애가 몇 달 전 교실에 누워 있던 그 애가 맞을까 싶었다.

"우리 형 목소리가 나랑 똑같대. 얼굴은 좀 다른데 목소린 그렇대. 친구들이 다 헷갈려."

아니, 너랑 똑같은 사람은 없어. 네가 아닌 걸 알았을 거야, 나라면.

윤성이가 테이블에 파스타 접시와 컵을 내려놓자, 예리가 냉장고에서 케이크 상자를 꺼냈다. 신혼부부의 집들이에 초대된 기분이었다.

"밀가루 알레르기 있는 거 아니지?"

조심스레 예리가 물었다. 꽃가루 알레르기가, 햇빛 알레르기가 있느냐고 예리에게 물었던 때가 불과 얼마 전인데.

"그런 거 없어."

"내 친구 중에 아무리 배고파도 빵이나 케이크를 안 먹는 애가 있어. 어렸을 때 부모님이 빵집을 하셔서, 항상 팔다 남은 빵을 먹어야 했대. 생일 땐 케이크 세 개쯤은 기본으로 깔렸고."

윤성이가 케이크에 초를 꽂으면서 말했다. 테이블 세팅이 끝나자 윤성이가 휴대폰으로 생일 축하 노래를 틀고, 예리가 거실의 불을 껐다.

"소원 빌어."

"됐어. 소원은 무슨."

"그래도……."

어둠 속에서 맞은편에 앉은 두 사람의 얼굴을 번갈아 바라봤다.

난 이제 무슨 소원을 빌어야 할까. 앞으로 뭘 바라야 하지. 다가올 날들에 아무런 기대가 되지 않는데, 뭘 바라면서 살아야 하지? ……나는 윤성이에게 전화한다. 전화받은 사람이 형이란 걸 단번에 안다. 어떻게 알았어? 다 헷갈리던데, 묻는 윤성이에게 난 그냥 알았다고 말한다.

계속 이 상상을 이어 나가고 싶었다. 할 수 있다면. 국어 샘은 상상력이야말로 무엇보다 힘이 세다고 했는데, 내 상상은 흔들리는 촛불보다도 미약했다.

"넌 술 못 마시지?"

윤성이가 맥주를 따르면서 물었다.

"아니. 잘 마셔."

한 번도 마셔 본 적 없었다. 알코올도 별거 아니네. 첫 잔을 마신 후 생각했다. 맥주를 세 잔, 아니 네 잔이었나, 마신 나는 평소보다 더 많이 떠들고 더 크게 웃었다. *오버하지 마. 그냥 가만히 있어도 돼. 아무것도 하지 않아도 돼. 괜찮아.* 나를 진정시키는 다인이의 목소리가 들렸지만 무시했다. 아무도 내 마음을 눈치채지 못하게 하고 싶었다. 슬픔을 감추려면 아주 많은 말이 필요했다.

"사건이 있었어. 저번에 저게 잘못 작동했어."

예리는 한숨을 한 번 쉬더니, 거실 천장의 붉은 센서를 가리키며 말했다.

"지난주 금요일이었나?"

"토요일 밤."

윤성이가 대답했다.

"그래. 토요일 밤. 갑자기 천장 센서가 깜빡이더니, 화재경보가 울렸어. 주민 여러분은 대피하라는 안내 방송이 나오는데 우린 이게 진짠가? 둘이 멍하니 서로 보고만 있었어. 일단 옷이랑 지갑만 챙겨 밖으로 뛰쳐나갔어. 그 와중에 앤 화장실에서, 수건 두 개를 적셔 나왔어. 그걸 얼굴에 감싸고 나가라고. 밖에 나와서 엘리베이터 쪽으로 가니까, 얘가 안 된대. 불났을 땐 엘리베이터가 제일 위험하대. 그래서 둘이 비상계단 쪽으로 가는데 뭔가 이상해. 다들 조용한 거야. 그래도 계속 뛰어 내려갔어. 정신없이 나가느라 슬리퍼를 신고 나왔더니 자꾸 벗겨졌어. 나중엔 맨발로 뛰었어. 15층에서 1층까지. 나중에 보니 우리 말고 대피한 사람은 3층 할머니 할아버지뿐이지 뭐야."

"신축 건물이라 화재경보기가 예민해서 한 달에 한두 번은 이런 오작동이 벌어진대. 이사 온 지 얼마 안 돼서 나도 몰랐어."

"한 달에 한두 번? 또 그러면 어떻게 해?"

"그냥 이제 월례 행사로 생각해야지. 한밤의 달리기로."

긴박한 상황에서도 침착하게 수건에 물을 적셔 나오는 윤성이와 손을 잡고 같이 계단을 뛰어 내려가는 예리의 뒷모습이 그려졌다.

"그날 후유증으로 교실에서도 자꾸 화재경보기가 보여. 어제 참관수업이라 교감이랑 다른 반 샘들 다 오셨거든. 장학사도 오고. 발표할 사람, 그러는데 내가 손을 든 거야. 선생님도 애들도 다 놀랐지. 내가 손을 들다니, 나도 놀랐어. 선생님이 너무 기쁜 얼굴로 내 이름을 불렀어. 발표해 보세요. 네. 하고 일어났는데, 그때 화재경보가 울리는 것 같은 거야. 순간 멍해지면서 아무것도 생각이 안 나. 완전 얼음이 됐어. 담임이랑 애들도 당황하고……."

"바보 게임. 그딴 거 이제 그만해. 어차피 너흰 나 못 이겨. 명랑한 우울, 그게 말이 돼?"

"취했니?"

윤성이가 싱글거리며 놀렸다. 계속 케이크와 맥주를 번갈아 입 안에 넣다 보니 속이 울렁거렸다.

"괜찮아? 얼굴이 안 좋아."

예리가 물었다.

처음 만났을 때 넌 너무 안 괜찮아 보였는데, 이제 아주 괜찮아져서 나한테 괜찮냐고 묻고 있네. 난 항상 괜찮냐고 묻는 쪽이 되고 싶었다. 아프고 힘든 사람을 걱정하고 돕는 사람.

"주인공이 먼저 가면 어떻게 해?"

먼저 가겠다고 일어나자, 윤성이가 현관을 가로막으며 말했다.

"좀만 이따 같이 나가."

예리도 말렸다.

"약속이 있었거든. 자꾸 톡이 와."

그러자 둘은 더 이상 말리지 않았다.

"진짜 취한 거 아니지?"

엘리베이터 앞까지 따라 나온 둘이 미덥지 않다는 듯 물었다.

"멀쩡해. 오늘 고마워. 너희 생일 때 복수할게."

엘리베이터 문이 닫히자, 취기 때문인지 끝을 알 수 없는 바닥으로 추락하는 기분이 들었다.

다음 날, 날 깨운 건 윤성이의 전화였다.

"어제 잘 들어갔나 궁금해서. 살아 있냐?"

"죽을 것 같아. 목이 넘 마르고, 속이 메슥거리고, 머리가 깨질 것 같고, 일어서면 바닥이 흔들려."

"겨우 그거 마셔 놓고? 잘 마신다며?"

"……."

"그런 걸 숙취라고 해."

"숙취?"

"술병이라고. 내가 너처럼 그러고 있을 때, 형이 가르쳐 준 말이야. 신기하지? 이 모든 걸 한마디로 부르는 단어가 있다는 게."

"……."

"그럴 때 난 라면이나 아이스크림을 먹어."

"앞으로 이 세상 모든 술꾼들을 존경할 거야. 이런 끔찍한 일을 겪고도 굴하지 않고, 또 술을 마신다는 거잖아? 어떻게 그럴 수 있지?"

"글쎄. 진짜 어떻게 그러지? 음, 작년에 백일주로 소주 한 병쯤 마셨거든. 주량도 모르고, 동아리 선배들이 한 잔씩 주는 걸 계속 받다 보니. 암튼 다음 날, 세면대에 찰랑거리는 물이 소주 같아서, 보자마자 토했어. 이 고통을 절대 잊지 않겠다, 다짐했는데, 또 잊어. 그 다짐이 기억나는 건 숙취로 괴로워할 때뿐이야. 아, 맞아. 이거였지. 바로 이걸 잊지 말자고 다짐했었지."

전화를 끊고 나자, 카톡으로 아이스크림 교환 쿠폰이 도착했다. 나는 거실 소파에 누워 천장을 바라봤다. 십 년 동안 살면서 한 번도 울린 적 없는 화재경보기가 어디에 있는지 찾아보려 했지만, 끝내 찾지 못했다.

이제 나무고아원엔 더 이상 가지 않기로 결심했다. 더 이상 보지 않으면 마음이 점차 희미해지다 사라지겠지. 나무고아원만 아니라면, 두 사람이 함께 있는 곳이 아니라면, 어디든 상관없다. 다른 곳에서 훨씬 괜찮은 앨 만날지도 모른다.

난 나무고아원을 빠져나온 게 얼마나 다행인지, 그 앞을 지날 때마다 안도하며 남자친구에게 이렇게 말하겠지.

그때 우리 셋은 바보 게임에 빠져 있었어. 명랑한 우울, 오글거리지? 아, 그건 별거 아냐. 지금까지 살아오면서 한 실수들, 잘못 알아듣고, 잘못 보고, 착각하고, 오해하고 혼동한 일들을 돌아가며 얘기하는 거였어. 처음엔 좀 재밌었어. 실수하면, 또 말할 게 생기는 거니까. 어제보다 더 바보 같은 일을 하고 싶었어. 그런데 어느 순간 시시해져. 정말 바보도 아니면서 바보인 척 구는 건, 똑똑한 척하는 애들보다 훨씬 더 유치해.

나무고아원에 더 이상 가지 않으면 둘의 얼굴을 보고 괴로울 일도 없다는 걸 나는 잘 알고 있었다. 알고 있지만…….

계단은 어디에나 있었다. 아파트에서 학교에서 학원에서, 계단을 내려갈 때마다 화재경보기가 오작동했던 밤, 15층에서 1층까지 뛰어 내려가는 둘의 모습이 아른거렸다. (우린 고작 3층까지 같이 올라갔다 내려왔을 뿐이었다.)

오직 세상에 둘만 남겨진 듯한 밤. 공포와 불안 속에서 계단을 뛰어 내려가는 두 사람. 잠들기 전 눈을 감아도 계단이 보였다. 끝없이 이어지는 계단을 따라 둘은 내가 영영 닿을 수 없는 곳으로 달아나고 있었다.

여름방학을 앞둔 금요일 마지막 교시, 전교생이 모두 강당에 모였다. 스크린에는 폐암에 걸린 사람들의 폐, 구강암에 걸린 혀를 찍은 사진이 차례로 지나가고, '이런 미래도 괜찮은가요?'라는 문구가 떴다. 담뱃갑에 경고문과 함께 붙어 있는 사진들처럼. 너희 이래도 피울래? 이걸 보고도 피울래? 사진들은 경고하지만, 이래도 피운다. 얼마나 나쁜지 아는데도 피운다. 얼마나 더 끔찍한 사진을 붙여야 끊게 만들 수 있을까. '흡연자와 키스하면 재떨이 맛이 납니다.' 이런 경고문을 붙이면 십 대 흡연율이 조금이라도 줄어들까?

화면이 정지됐을 때 강사가 연단 위로 올라왔다.

"이렇게 해로운데 왜 피우는 걸까요? 왜 끊지 못할까요? 제 생각엔 이래요. 첫째, 안다고 생각하지만, 아는 게 아니다. 우리가 안다고 생각하는 많은 것들이 실제론 모르는 것들이죠."

강사는 연단에서 내려와 아이들이 앉은 자리 사이를 오가며 물었다. 이렇게 연단 밑으로 내려오는 강사들이 종종 있었다. 나는 따분한 강사가 아냐, 너희와 말이 통하는 재밌는 강사지, 라는 의도가 담긴 것 같았지만, 성공한 사람은 거의 없었다.

"이 중에 오늘 저녁으로 농약이나 청산가리 한 스푼 먹고 싶은 사람?"

얘요. 쟤요. 몇몇이 웃으며 서로를 가리켰다.

"없겠지. 그런데 담배에 바로 이런 것들이 들어 있단 거죠. 흡연자들도 담배의 구성 물질은, 유해 성분은 정확히 몰라요. 니코틴, 타르, 일산화탄소 정도는 여러분도 다 알 거예요. 이것들 말고도 포름알데하이드, 비소, 비소는 바로 농약, 살충제에 쓰이는 거예요. 청산가리, 말만 들어도 끔찍하죠. 청산가리도 독극물이죠."

"안 팔면 되잖아요."

민아가 말했다. 역시 모르는 게 없는 민아. 너무 간단한 해결 방법에 여기저기서 웃음이 터졌다. 그래, 당신들이 먼저 팔지 않으면 돼. 그러면 우리가 금요일 마지막 교시에 이런 교육을 받을 필요도 없잖아.

"그건."

강사는 잠시 당황한 것 같았다.

"영어 샘도, 과학 샘도 피워요."

"교감 샘도 피워요."

"울 아빠는 이십 년째 못 끊고 있어요."

강사가 머뭇거리는 틈을 타서, 아이들은 이제 신나게 주변의 흡연자들을 고발했다.

"아, 그럼 이제 성인들의 중독과 청소년 중독의 차이를 설명할게요. 모든 중독은 나쁘지만, 훨씬 더 심각한 건……."

"그러니까 한 방에 끊는 법이 뭔데요? 그것만 가르쳐 줘요!"

강연 시간이면 매번 제일 뒷자리에서 엎드려 자던 아이들 중 하나가 물었다. 몇몇 아이들이 저마다 알고 있는 금연법을 말하느라 강당 안은 소란스러워졌다.

나는 스크린 속 썩어 가는 혀 사진을 바라봤다.

이런 미래도 괜찮은가요?

미래. 미래라는 말을 도저히 실감할 수 없었다. "내일 뭐 해?"라는 카톡을 받았을 땐, 내일과 내일, 또 이어지는 무수한 내일들을 어렴풋하게 상상할 수 있었다. 지금 나는 오늘과는 다른 내일이 있을 거라는 걸 믿거나 상상할 수 없다.

5
나부터 행복해지자, 좀!

카페 그냥에 들어온 후 밖에는 줄곧 비가 쏟아지고 있다. 주인아저씨가 서비스라며 초콜릿을 가져다줄 때 시선을 피했다. 차라리 빨리 망해 버려라. 간판을 보지 않으려 애쓰며 지나칠 때마다 빌었으니까. 아저씨, 미안해요. 나는 마음속으로 사과했다.

예리는 여름방학이 되자 제주도에서 열리는 영어 캠프로 떠났다. 노트북에 이어폰을 꽂고 인강을 보다 고개를 들면, 맞은편에 앉은 윤성이의 모습이 보인다. 동영상을 볼 때 정지 버튼을 누르듯, 지금 이 순간을 멈추게 하고 싶다. 아니면 0.5의 속도로 느리게 재생시키거나. 하지만 곧 예리가 돌아온다.

"잘돼 가?"

윤성이가 물었다.

"뭐가?"

"최우식."

"아……."

"담엔 꼭 같이 만나자."

"난 우리 둘만 있는 게 좋아."

"걔가 그렇게 좋냐?"

"……."

"이거 재밌어?"

윤성이 테이블에 놓인 책을 가리키며 물었다.

『우리가 함께 달릴 때』.•

"의외로 재밌었어. 앞부분은 정말 좋았어."

우리, 함께, 달리기. 제목 안에 싫어하는 단어가 무려 세 개나 들어가 있다. 여름방학 숙제로 독후감을 써야 하는 책이었다.

"뭐든 너무 못하는 중학생이 주인공인데, 달리기반에 들

•『우리가 함께 달릴 때』 다이애나 하먼 애서, 창비, 2021

어가. 당연히 달리기도 못하겠지. 출발할 때 쏘는 총소리에
놀라서 혼자 출발도 못 하거든. 그런데…….”

“그런데?”

“이건 성장 소설이잖아. 나중엔 그 모든 두려움을 떨치고
조금씩 나아져서 잘하게 되거든. 달리기든 뭐든. 처음엔 뭐
든 못해서 주인공이 좋았는데.”

“그게 싫어?”

“못하던 애가 잘하게 되는 게? 그래, 싫어. 계속 못했으면
좋겠어. 왜 점점 더 나아져야 해? 아무것도 깨닫지 못하고
조금도 나아지지 않고, 그대로 멈추면 왜 안…….”

내 눈을 너무 빤히 바라보고 있어서 말을 끝맺지 못했다.
윤성이는 잠시 생각에 잠긴 표정으로 뭔가를 말할 듯 말 듯
입술을 달싹거렸다. 너 참 못됐다. 이런 말을 참고 있는 듯했
다. 어째서 애 앞에서는 못된 말들이 튀어나오는지 알 수 없
다. 다른 사람 앞에서는 해 본 적 없는. 그러니까, 애와 계속
같이 있으면 난 점점 더 나쁜 말을 쏟아낼 거야.

주인아저씨가 유일한 손님인 우리를 위해 선곡한 것인
지 카페에는 이제 귀에 익은 노래가 흘러나오고 있다. 「We
might be dead by tomorrow」 다인이와 열광하며 같이 봤던
영국 드라마 「빌어먹을 세상 따위」에 나오는 노래. 내가 처

음으로 외운 팝송이다.

기말고사 하루 전날 밤샘을 한다며 만난 우리는 잠시 머릴 식힌다며 새벽 2시쯤 이 노래를 같이 들었다.

— 맞아. 지금 공부 따위 할 때가 아냐. 내일이 밝기도 전 우린 죽을지도 몰라.

— 차라리 그랬으면 좋겠다.

우린 그 후로도 누군가 공부할 기미가 보이면, 지금 이럴 때가 아니라고 말하곤 했다.

저녁이 되어도 비는 그치지 않았다. 아저씨는 우리에게 손님들이 오래전 두고 간 우산 하나씩을 주시며 돌려줄 필요 없다고 하셨다. 우리가 다시 오기 전에 카페가 문을 닫을 것 같기도 했다.

바람 때문에 비가 옆으로 날리기 시작했다. 우산을 써도 아무 소용 없었다. 결국 편의점 천막 밑에서 잠시 쉬었다 가기로 했다. 거세게 내리는 빗줄기에 우리는 갇혔다. 카페에서와는 달리 둘 다 말이 없었다. 눈앞에 내리는 비만 바라볼 뿐.

"이 빗소리 말야."

한참 뒤에 윤성이가 입을 뗐다.

"응?"

"넌 뭐라고 쓸래? 지금 들리는 빗소리를 받아쓰세요, 그러면."

넌 왜 이런 걸 묻니? 침묵이 어색해서 피해 보려고?

"츠륵츠륵츠륵? 아니 이건 너무 약한데. 찻착찻착차?"

난 또 왜 이런 바보 같은 질문에 바보 같은 답을 하고 있
니. 틀렸어, 틀렸어, 또 틀렸어. 바람 때문에 옆으로 휘날리는
빗줄기가 시험지에 그어진 붉은 빗금들처럼 보였다. 진짜 빗
소리를 듣고 대답한 건 아니었다.

"그렇게 들려?"

나는 빗소리를 더 잘 듣고 싶었다. 지금 내게 들리는 소리
를 정확하게 듣고 말하고 싶었다. 계속 반복되는 것 같지만,
조금씩 달라지고 있는 소리를.

"ㅊ이 아니고 ㅌ인가? 탁탁타탁탁? 이것도 아닌데⋯⋯."

틀렸어. 틀렸어. 너흰 어차피 다 틀렸어. 빗소리가 점점 더
거세졌다.

세상에는 정확하게 받아 적을 수 없는 소리들이 있다. 그
소리 중 하나를 지금 우린 같이 듣고 있었다. 빗소리를 어떻
게 써야 할지 알 수 없지만, 한 가지는 확실히 알겠다. 어떤
하루는 일 년보다 길다는 걸. 우리가 같이 듣고 있는 빗소리
가 시간을 잠시 정지시킨 것 같았다. 예리가 있는 제주에도
비가 내릴까? 예리는 그곳에 있고, 우린 지금 여기에 있었다.

어쩌면, 모든 문제는 이것 때문인지도 모른다. 지금 여기에 있는 사람과 없는 사람, 그때 그 자리에 있었던 사람과 없었던 사람의 차이. 지금 들리는 빗소리는 여기에 있는 사람만 들을 수 있다.

바람이 점차 잦아들고, 그칠 것 같지 않던 비가 그쳤다. 여름이지만 여느 때보다 서늘하고 어두운 밤. 윤성이는 비 온 뒤의 밤공기가 좋다며 우리 집까지 같이 걷겠다고 했다.

"잘 가."

우리는 집 앞에서 마주 선 채 어색하게 손을 흔들었다.

"어, 잘 들어가."

그리고 잠시 말없이 서서 서로를 바라봤다.

"도윤성."

누군가 그의 이름을 부르는 소리가 들렸는데, 그 사람은 아마도 나였을 것이다. 왜냐하면 그곳엔 그 애와 나밖에 없었으니까.

그냥. 그래, 정말 웃기지만, 그냥이야. 한번 불러 보고 싶었어. 나는 혼자 있을 때 가끔 네 이름을 불러. 박사도 선생도 될 수 없는 도윤성. 가끔은 또라이 같은 도윤성. 딱히 무슨 할 말이 있어선 아냐. 무슨 할 말이 있겠어. 이제 와서 말한다고 뭐가 달라지겠어. 난 가끔 궁금해. 우리가 전에 만난

적 있니? 그러니까 나무고아원에서 만나기 전에 말야.

"왜?"

"아무것도 아냐."

"너 혹시 헤어졌어? 최우식이랑?"

"……."

"우울한데 안 그런 척하는 것 같아서."

"안 헤어졌어."

그 순간 윤성이의 얼굴이 실망한 것 같았다면, 내 착각일까.

"사귄 적도 없는데, 어떻게 헤어져?"

윤성이의 얼굴에 곧 옅은 미소가 번졌다.

"키스해도 돼?"

이렇게 말한 사람은 누구였을까? 처음으로 휴대폰에 녹음된 내 목소리를 들을 때처럼, 내 목소리와 비슷하지만 이건 진짜 내 목소리와는 조금 다르다고 느낄 때처럼, 낯설게 느껴졌지만 분명히 내 목소리였다. 아무리 오가는 사람 하나 없대도, 거리가 어둡대도. 나는 나라는 사람 밖으로 흘러나오는 어떤 목소리를 들었다.

윤성이는 뭐라 대답해야 할지 모르겠다는 표정으로 어정쩡한 미소를 지었다. 나는 어릴 때부터 어떤 일이든 다짐하고 결심한 걸 잘 못 지켰어. 근데 딱 하나, 첫 키스는 내가 좋아하는 사람에게 내가 먼저 하고 싶어. 이건 지킬 수 있지 않을까. 이것마저 못 지키고, 별로 좋아하지 않는 사람과 어쩌다 하게 될까 봐. 난 그렇게 될까 봐…….

"키스만?"

겨우 할 말을 떠올렸다는 듯 윤성이가 말했다. 장난을 치는, 짓궂은 어린아이의 얼굴로.

윤성이의 눈꺼풀에 입을 맞추는 사람은 바로 나였다. 내 모습을 지켜보고 있는 내가 있었다. 꿈을 꾸고 있는 것 같기도 하고. 처음으로 무대 위에서 연기하는 자신을 관객의 눈이 되어 바라보고 있는 듯한 느낌이었다. 나라는 감옥 안에 갇혀 있다가 이제 그만 밖으로 뛰쳐나가는 어떤 사람을 보는 것 같기도 했다.

이건 진짜 내가 아니니까, 더 과감해도 돼. 그의 입술에 내 입술이 닿았을 때, 당황해서 움찔거리는 게 느껴졌다. 가족 아닌 누군가의 얼굴이, 몸이 이렇게 바싹 가까이 있는 건 처음이라 모든 게 비현실적으로 느껴졌다. 윤성이가 내 머리카락을 손으로 헝클어뜨렸다. 눈이 보이지 않는 사람이 점자 책을 읽을 때 이럴까. 그가 손가락으로 천천히 내 눈썹, 코와 입술을 차례로 만질 때, 나만 좋아한 게 아니었어 하는 확신의 기쁨으로 온몸이 저릿저릿했다.

＊

오늘 수업 끝나고 세화에 있는 카페에 갔어. 음료를 마시면 엽서
를 줘. 느린 우체통 알지? 일 년 뒤 받는 엽서래. 옆 테이블의 초
딩들이 '일 년 뒤 나에게 보내는 편지'를 쓰고 있었어. 난 나한테
할 말이 없어서 너희한테 보내는 엽서 두 장을 썼어. 정확히 일
년 뒤 오늘 엽서가 도착할 거야!

예리의 긴 카톡에 눈을 떴다. 술 한 잔 마시지 않고도 취
할 수 있는 걸까? 어젯밤 나는 분명히 무언가에 취해 있었
다. 윤성이도 제주 특파원이 보낸 톡을 받았겠지. 왜 그랬을
까. 방학하기 전 금연 교육에서 본 사진의 영향일까. 썩어 가
는 폐와 혀. 계속 말하지 않고 혼자 마음에 담아 두다간 그
렇게 썩어 버릴 것 같아서? 아니면 카페에서 들은 노래 때문
에? 내일이 밝기도 전에 죽을 수도 있으니까?

그러나 내일이 왔고, 나는 여전히 살아 있다.

어젯밤의 기억을 되새기며 하루를 보냈다. 다인이라면, 이
럴 때 그 누구보다 냉정한 판단을 내릴 텐데. 나는 예전에 다
인이와 주고받은 문자와 카톡을 이리저리 넘겨 봤다.

자소서 대신 써 줘?

작년 다인이가 보낸 카톡이었다.

국어 샘은 계속 써야 는다고 두 달에 한 번씩 자소서 쓰기 과제를 냈다. 나는 연달아 두 번 자소서를 제출하지 않았다.

─ 전 못 쓸 것 같아요.

다음엔 꼭 제출하라는 선생님에게 용기를 내서 말했다.

─ 뭐가 제일 어려워?

이런 질문을 한다는 것만 봐도 괜찮은 선생님이라고 할 수 있겠지. 국어 샘은 수업 시간에 절대 필기를 하지 못하게 했다.

─ 어차피 나중에 다시 안 보잖아. 그러니 쓸 시간에 듣자, 듣자, 한 번이라도 제대로 듣자! 제발!

또 가사가 오글거려 도저히 참을 수 없다며, 절대로「스승의 은혜」노래를 부르지 못하게 했다. 스승의 날 샘은 교실 문밖에 서서 고개만 빼꼼히 내밀고, 학급 전원이 진짜 진짜 안 부를게요, 하고 약속해야만 교실로 들어왔다.

나는 사람들을 만날 때, 나름대로 솔직함의 단계를 정해 놓았다. 상대가 어떤 사람이냐에 따라 당연히 솔직함의 단계는 달라진다. 국어 샘은 레벨 3 정도 되겠지. 왜 자소서를 못

쓰느냐는 집요한 질문에 나는 결국 솔직함을 한 단계 높여 대답하고 말았다.

'나는으로' 시작하는 문장을 못 쓰겠다고. 나를 못 믿겠다고. 내가 나에 대해 하는 말은 다 가짜 같다고. '나는(저는)'이란 단어를 한 번도 쓰지 않고, 자소서를 쓰기란 불가능했다. 일단 첫 문장을 쓰자, 그리고 두 번째 문장을 쓰면 돼. 아무리 결심해도 컴퓨터 앞에 앉아 텅 빈 화면에서 깜빡이는 커서를 보면 어떤 문장도 쓸 수 없었다. 나에 대해서는…….

다인: 그래서 샘의 결론은?

나: 날 잘 알고 있는 사람들에게 나에 대해 묻고, 몇 문장씩을 받아 적으래. <나에 대한 인터뷰>. 그러니까 네가 1번 타자야.

다인: 2번은 없잖아.

나: 뼈 때리네.

다인: 음, 내가 두 사람 몫을 하지 뭐. 일단 너는 실수를 잘하는 사람이지. 만약 '실수력'이란 게 있다면 최고 레벨이지. 보통 실수를 한두 번 하면, 세 번짼 고쳐지잖아. 그런데 너는…….

실수하는 힘. 실수하는 것도 어떤 힘이나 능력이 될 수 있을까.

수많은 카톡 중 하필 이날의 카톡이 눈에 들어온 이유는 뭘까. 역시 어젯밤 일은 한 번의 실수로 넘기는 편이 좋다는 뜻일까? 아직 마음을 정하지 못했는데, 저녁 즈음 윤성이에게서 톡이 왔다.

잠깐 볼래? 너희 집 근처야.

누가 볼까 두려워 캡모자를 깊숙이 눌러쓰고 나갔다. 혹시라도 학교 애들을 만날까 봐. 예리와 나를 아는. 예리가 연애한다는 걸 아는. 친구 남친이랑 만난대. 여친 없을 때 뺏은 거래. 어머, 완전 반칙이다, 진짜 인쓰다. 민아, 뭐든 모르는 게 없는 민아의 날카로운 눈이 어디선가 날 지켜보는 것 같았다. 내가 인간쓰레기로 찍혀 전교에서 왕따가 되는 데 아마 한 달이면 충분할 거다.

집 앞을 지나는데, 바람이 나뭇잎들을 앞뒤로 뒤집어 놓았다. 나는 네가 한 일을 알고 있어. 그래, 어쩔 건데. 짐짓 아무렇지 않은 척하지만 가슴이 두근거렸다. 침묵의 목격자 앞에 서니 범죄 현장에 다시 나타난 범인이 된 기분이었다. 이렇게 소심한데 어젯밤엔 어떻게 그랬을까. *우리 동네에선 이러지 않기로 했잖아.* 다인이의 핀잔이 들리는 듯했다.

윤성이는 늘 그렇듯 땅 밑에 고개를 떨구고 있었다.

"누구세요? 저 아세요?"

모자를 푹 눌러쓴 날 보곤 물었다. 내가 얼굴을 반쯤 가린 모자를 쓴 이유를 짐작조차 못 하겠지. 세상이 얼마나 무서운 곳인지 모르는 녀석.

우리는 조금 거리를 둔 채 말없이 메타세쿼이아 산책로를 향해 걸어갔다. 산책을 나온 사람들이 여럿 보였다.

"항상 당신을 지켜보는 눈이 있습니다 — 반려견 동반 시 뒤처리를 깨끗하게 합시다. 어린이들에게 모범이 되는 성숙한 시민이 됩시다."란 플래카드가 새로 걸려 있어 헛웃음이 나왔다. 어디에도 사람은 있었다. 어제처럼 지나는 사람 하나 없는 델 찾기는 불가능했다.

산책로 가운데 벤치에 앉았다. 왼편에는 샛길이라고 쓰인 작은 표지판이 있었다. 샛길도 표지판이 있다는 게 새삼 신기했다. 어젯밤 우린 샛길로 잠시 빠졌던 걸까. 예리가 돌아오면 원래 가던 길로 계속 갈 뿐인 것일까.

"네가 날 좋아하나 헷갈렸어."

"언제부터?"

"그게 아마 네가 남친 만나러 간다고 따돌리던 날? 왠지 슬퍼 보여서. 혹시 나 때문인가 했다가 설마, 그럴 리가 했다가."

"아닌데. 그런 거 아니야."

그럼 어젯밤은 뭐였느냐는 눈빛으로 윤성이가 바라봤다.

세상엔 정확하게 받아 적을 수 없는 소리가 있듯, 정확하게 이름 붙일 수 없는 순간과 느낌이 있다. 이 이상한 마음을 다른 사람들이 뭐라고 부르는지 알지만, 난 그렇게 말하고 싶지 않았다. 물론 이런 생각조차 누구나 하는 흔한 거란 것도, 그들도 다 그걸 그렇게 부르고 싶진 않을 거란 것도 알지만.

다행히 더는 묻지 않았다. 이런 면은 나와 참 많이 다르다고 생각했다. 끝까지 추궁해서 상대의 마음을 군이 확인하려들지 않는 것, 그냥 뭐든지 시간을 두고 지켜보는 것. 따져 묻지 않는 게 고맙기도 하고, 얄밉기도 했다.

"일요일에 놀러 올래? 우리 집에."

그 마음이 뭔지 상관없고, 키스를 했으니 그다음 걸 해 보려는 걸까, 예리와 나를 상대로 누구랑 할 때 더 좋은지? 괜찮은 남자라면 여친이 없는 동안 이러지 않겠지. 어쩌면 윤성이는 좋은 남자가 아닌 것 같다. 하지만, 어쨌든 이 일은 내가 먼저 시작했다. 너는 뒤늦게 알았을 뿐이야, 조금 느릴 뿐이야. 아니, 아직도 자기 마음을 잘 모르고 있을 뿐이야. 이건 아주 흔한 일이야. 지금 이 지구상에서 오늘 하루만도

몇만 명의 사람이 이런 혼란을 겪고 있을 거야.

"왜?"

"그냥. 라디오 하루 종일 듣고 싶어서."

윤성은 그저 이렇게 말했다. 정말이지 얄미운 녀석이다. 내가 어떤 사람인지, 얼마나 나빠질 수 있는지 스스로를 시험하게 만든다. 나라고 믿었던 그 아이는 이제 여기에 없었다.

엄마는 어떤 일을 할 때, 다른 사람이 나한테 똑같이 해도 괜찮을지 먼저 생각하라고 말했다. 내가 이런 행동을 하는 것은, 다른 사람이 내게 이렇게 해도 받아들이겠다는 뜻이다. 예리를 처음 만났을 때, 날 보던 슬픈 눈을 떠올렸다. 세상 모든 걸 놓치지 않고 꿰뚫고 있는 민아의 눈보다 내가 두려운 건 예리의 바로 그 눈이었다.

— 무조건 너부터 행복해져야 해.

나더러 어쩌라는 것인지 아빠는 엄마와 완전히 반대되는 말을 했다.

— 사람이 정말 행복을 느끼는 순간은 찰나래. 찰나가 얼마나 짧냐면, 1초를 75개로 쪼갠 시간이야. 다른 사람? 그런 거 생각할 시간이 없어. 우리, 함께, 더불어, 공동체, 이런 말을 하는 사람은 무조건 믿지 마.

우리, 함께, 더불어, 공동체. 아빠도 그런 말들을 믿었던 어떤 시기가 있었나 보다. 믿지 말란 말을 그토록 강조한 걸 보면.

너희들의 1일보다 나의 1일은 먼저 시작됐어. 물론 혼자 만의 1일이지만. 나부터 행복해지자, 좀. 엄마에겐 스터디 카 페에 간다고, 늦게 들어올 거라 말하면 된다. 윤성이는 그저 라디오를 듣고 싶은 것뿐이라 했지만. 어쩌면 생애 처음으로 외박을 하게 될지도 모른다. 지금부터 하려는 일이 무엇인지 알고 있다. 친구의 물건을 훔치는 일 따위완 비교할 수조차 없는 일이란 걸.

그동안 듣는 사람이 아냐. 넌 그렇지 않아, 라고 말해 주길 바라면서 그런 말을 한다고 생각했다. 틀렸다. 기분이 비참 한 것만은 아니었다. 며칠 밤을 새우고, 세수도 못 하고, 머 리도 못 감고, 입 안은 껄끄럽고, 온몸이 누가 구겨 버린 종 이처럼 너덜너덜해진 것 같은데, 지금보다 더 엉망이 되고 싶다고 느끼기도 하니까.

*

그 생각에 너무 골몰했기 때문인지 간밤에 윤성이의 집에 있는 꿈을 꾸었다. 윤성이의 집, 정확히 말하면 침대 위에 우리 둘이 있다. 잠깐만. 윤성이가 화장실 서랍장에서 뭔가를 가져온다. 바로 그것이다. 엄마가 아들을 위해 준비해 놓은 것. 고등학교 입학 선물로 콘돔을 선물하는 부모가 있단 말을 듣긴 했다. 윤성이의 엄마가 바로 그런 엄마였다. 여친 생기면 집으로 데려오라고 세뇌 교육을 시키는. 이상한 데 가는 것보다 집에서 하는 게 훨씬 안전하다며.

잔뜩 긴장된 마음으로 침대 위 이불을 펼치는데, 그 안에서 뭔가 나온다. 이번엔 사각팬티. 아빠가 집에서 홈웨어로 입는 것과 같은. 어, 이게 왜 여기 있지? 당황한 윤성이가 팬티를 아무렇게나 서랍 속에 구겨 넣는다. 그런데 침대에서 계속 팬티가 걷잡을 수 없이 쏟아져 나온다. 마치 팬티가 열리는 나무 같달까.

잠에서 깬 나는 이런 꿈을 꿨다는 게 민망했다. 민망함이 가시자, 왜 이런 꿈을 꾼 건지 궁금해졌다. 줄줄이 나오던 팬티는 무슨 뜻일까? 이런 게 억압된 무의식 어쩌고에 해당되는 것일까? 예리를 포함한 다른 여자애들 앞에서 벗었던 팬티가 수십 장일지도 모른다는 내 무의식이 이런 꿈을 꾸게 한 것일까? 아니면 가족이 아닌 남자 팬티를 처음으로 보게 될지도 모른다는 긴장감이 이런 꿈을 꾸게 만든 걸까. 꿈풀이를 해 주는 사이트에 묻고 싶지만, 참을 수밖에 없다. '팬티가 쏟아지는 침대' 꿈은 무슨 의미인가요? 내 아이디로 이런 질문을 인터넷에 남기고 싶진 않으니까. 인터넷이란 무엇이든 기록을 남기는 순간, 영원히 박제되는 무시무시한 곳이니까. 몇 년 후에 쪽팔려서 죽고 싶을지도 모르니까.

쪽팔림보다 중요한 문제가 있었다. 예리에게서 카톡이 왔다.

'나홀로나무'를 보러 갔어. 새별오름과 이달봉 두 오름 사이에 정말 얘 하나 딱 왕따처럼 서 있어. 나무는 덩그러니 혼자 서 있는데, 사람들이 사진 찍으려고 줄 섰어. 요즘 인스타에 왕따나무랑 인생샷 찍어 올리는 게 유행이래. 이제 이 나무는 외로울 틈도 없을 것 같아. 오늘 일 년 치 바람을 다 맞았어. 바람이 어찌나 부는지 앞으로 걸을 수가 없었어. 몸이 붕 뜨더니, 몇 미터 앞으로 날아갔어.

예리는 '나홀로나무' 앞에서 바람 때문에 얼굴이 머리카락으로 온통 뒤덮인 사진을 보내왔다.

6
짐작과는 다른 일들

———————————

엄마, 오늘 나 스터디카페에서 밤새울지도 몰라. 카페 이름이 작심삼일이야. 웃기지? (거짓말할 땐 쓸데없이 디테일한 것까지 말하게 된다.) 우리 학교 전교 1등 하는 애도 거기 다녀. 새벽에 사람이 없어서 공부가 잘돼. 그래, 나도 할 땐하는 애야. 좀 있음 2학년이라고.

몇 번이나 미리 연습한 말을 꺼내려고 안방 문을 열었다. 엄마는 벽에 등을 기댄 채 눈을 감고 앉아 있었다.

"엄마?"

엄마가 눈을 떴다. 눈이 붉게 충혈되어 있었다. 이 상태로 밤을 새운 것인지도 몰랐다.

"아빠 어제도 안 들어왔어?"

아마도 그런 것 같았다. 아빠는 바쁠 때면, 일주일에 한 번씩은 사무실에서 잠을 자고 아침에 들어왔다.

"엄마 이혼하려고."

내가 뭐라 답할 새도 없이 엄마가 덧붙였다.

"너는 괜찮을 거야. 넌 참 괜찮은 애니까. 엄마 아빠 장점만 닮은 업글 버전."

아니야, 엄마 생각처럼 난 괜찮은 애가 아니야.

"근데 원이가 너무 어려서……."

"내가 뭐?"

동생이 어느새 나와서 물었다. 엄마는 동생을 가만히 끌어안았다. 왜 하필 지금이야? 왜 오늘 그런 말을 하는 건데?

"누나, 엄마 아빠 결혼 취소하는 거 나 때문이야."

동생이 나를 자기 방으로 데려가더니 귓속말을 했다. 동생은 이혼을 결혼 취소라고 부른다. 누나, 보라네 엄마 아빠도 결혼 취소했대. 그런 말을 하곤 했다. 확실히 이혼이란 말보다 취소란 말이 듣기 좋긴 했다. 취소, 얼마나 간단하고 쉬워.

"아니야. 그런 거 아니야."

"맞아. 내가 엄마한테 말했어."

"뭘?"

"뽀뽀한 거."

"……."

"아빠랑 아줌마가……."

"누구? 누구 아줌마?"

물으면서도 누굴 가리키는지 알 것 같아 가슴이 세차게 뛰었다.

"네가 잘못 본 거야."

"아냐."

원이의 눈을 바라봤다. 거짓말할 때면, 눈은 평소보다 더 크게 뜨고, 입가는 웃음을 참느라 미세하게 떨렸다. 와, 거짓말인지 어떻게 알아? 엄마 아빠는? 누나는? 매번 거짓말이 안 먹힐 때마다 동생은 놀라곤 했다. 누나, 두고 봐, 내가 언젠가 완벽한 거짓말을 할 거야, 모두 속일 거야. 그렇게 벼르고 별렀다.

"언제, 어디서?"

"산타절 전날에…… 어디냐면, 거기 있잖아. 백화점 앞에 빵집, 거기 이름이 뭐였더라……."

동생은 크리스마스를 산타절이라 불렀다. 자기한테 중요한 건 오직 산타니까.

"됐어. 알았어."

"근데 결혼 취소하면 나 사라져?"

어떻게 이런 생각을 할까 싶지만, 이해 못 할 건 아니다. 이 결혼이 취소되면 혹시 결혼의 결과인 자신도 사라질까, 싶은 거다.

"아니, 넌 안 사라져."

"확실하지? 결혼 취소해도 나 안 사라지는 거?"

동생은 다시 한번 확인하고 싶어 했다. 어린애다운 생각이라 헛웃음이 나면서도 한편으론 마음이 시렸다.

"넌 절대 안 사라져."

감기 걸린 것처럼 목이 따끔거렸다. 언젠간 너도 이 세상에서 사라져야 할 때가 오겠지만 그건 한참 뒤야.

"다행이다."

동생은 그제야 웃었다. 불안과 걱정은 말끔히 사라졌다. 그래, 이게 궁금했던 거지, 너로선.

진짜야? 원이가 말한 게 진짜야? 엄마에게 몇 번이나 묻고 싶은 걸 꾹 참았다.

— 진짜야? 사람은 다 죽어? 엄마도 죽고 아빠도 죽어?

작년, 원이 집에 오자마자 물었다.

— 난 잘 몰라. 엄마한테 물어봐.

동생은 초조하게 엄마가 돌아오길 기다렸다. 엄마는 옷을 벗어 옷걸이에 걸면서 뭐라고 말해야 할지 시간을 버는 것 같았다. 나랑 눈이 마주치자 어쩌지, 하면서 난처한 웃음을 지었다. 밥은? 하면서 관심을 다른 데로 돌리려고 애썼지만, 동생은 계속 묻고 또 물었다.

— 맞아.

엄마가 항복하듯 말했다.

— 나, 나도 죽어?

동생의 목소리가 떨리기 시작했다.

— 그래. 사람은 다 죽어.

— 봤어? 다 죽는 거 봤어? 안 죽는 사람도 있을걸. 찾아보면……

— 없어.

— 그럼 한 번 죽은 사람은 다신 못 만나?"

마치 게임처럼 몇 번의 기회가 있기를 기대하는 것 같았다. 보너스 하트가 몇 개 더 있길.

— 못 만나는 것 같아.

— 절대 못 만나? 지구 끝까지 가도?

— 끝까지? 그건 몰라.

— 난 엄마 아빠 죽으면, 세상 끝까지 한번 가 볼 거야. 꼭 다시 만날 거야.

아이들은 지금 이 삶이 끝없이 이어지는 게 당연하다고, 사람이 영원히 살 거라고 생각한다. 나도 어릴 땐, 모든 사람이 죽는 건 아닐 거라고 생각했다. 죽음은 나와 상관없는 일부 사람들의 문제일 거라고.

사람은 모두 죽느냐는 질문과 지금 하려는 질문 중 어느쪽이 더 잔인한 걸까. 진짜야? 아빠가 그런 짓을 한 게? 진부하고 유치한 드라마는 오글거려 못 보는 아빠가? 엄마를 언니라 부르며 따르던 아줌마랑? 그래서 다인이가 하루아침에 절교 문자를 보낸 거야? 그래서 내가 다인이랑 연락하는 걸그렇게 막은 거야?

이상한 일이다. 이제 절교 문자에 대해 궁금하지 않게 됐는데. 아직도 다인일 가끔 생각하긴 하지만, 이제 이유 같은건 알고 싶지 않은데. 잃어버린 물건을 더 이상 떠올리지 않아야 어디선가 찾게 되는 것처럼, 더 이상 궁금해하지 않을 때에야 알게 되는 일들이 있는 걸까. 근데 사실일까. 진짜야? 엄마?

"엄마, 들어가서 자. 나 잠깐 편의점 갔다 올게."

엄마에게 묻는 대신 재빨리 집 밖으로 나왔다. 엄마가 동생에게 한 것처럼 잔인한 사실을 말할까 두려워서.

아빠에게 전화를 걸었다. 연결음이 울리는 동안 전화 받아, 받지 마, 받아, 받지 마, 마음이 갈팡질팡했다. 아빠는 전화를 받지 않았다. 문자를 보내려고 하는데, 뭐라고 써야 할지 알 수 없었다.

아빠는 할아버지의 장례식에서도 조문객들을 웃기려 농담하는 사람이다. 오늘 다들 왜 이렇게 다운돼 있어? 하고 묻는 사람. 인생에서 웃지 못할 상황이란 없다, 이건 아빠의 좌우명 같은 거다. 분위기가 가라앉으면 자기가 뭐라도 해서 꼭 띄워야 하는 아저씨. 원이가 황당한 소릴 한다고 내가 문자를 보내면 아빠는 이 상황에서도 뭔가 웃긴 말을 할 것 같은데……

아줌마 아저씨도 키스를 해? 그렇게 늙은 사람이랑 하고 싶은 마음이 생겨?

나는 아빠에게 문자를 보내지 못하고, 대신 윤성이에게 보냈다.

오늘 못 가. 집에 일이 생겨서.

나는 기억했다.

아빠가 아줌마를 처음 만나고 와서 했던 말을.

아빠는 삼 년 전, 대학 선배와 스타트업 회사를 차렸다. 스타트업은 소규모로 신생 분야에 도전해 로켓이 수직 상승하듯 성장하는 걸 목표로 하는 회사라는데, 소규모는 맞지만 수익의 수직 상승은 글쎄……. 이전 회사를 다닐 때보다 아빠가 전체적으로 업된 상태가 된 건 맞긴 했다. 젊을 때부터 알던 사이끼리 뭉쳤기 때문일까, 회식을 마치고 올 때마다 아빠는 흥분한 상태였는데 그날은 유독 정도가 심했다. 엄마는 아빠가 엠티 뒤풀이를 하는 대학생처럼 살기 때문에 철이 안 드는 것이라 했다.

— 이번에 깡다구가 하나 들어왔어.

깡다구. 아빠의 마음에 들었다는 뜻이었다, 아주 많이. 다인이 엄마가 바로 아빠가 말한 깡다구였다. 일곱 명 모두 남자인 회사에서 신입 직원으로 여자를 뽑으면 잘 섞일 수 있을까. 아줌마는 아빠와 선배의 걱정이 무색하게 첫 회식 때, 폭탄주로 일곱 명의 아저씨들을 간단히 제압해 버렸다.

첫 회식 후 몇 달이 지났을 때, 퇴근하는 아빠를 아줌마가 뒤쫓아와서 머뭇거리다 물었다.

— 대표님. 혹시 부동산에 관심 있으세요? 아니 관심 없어도 어느 정도 기본은 아시죠?

— 왜요? 좋은 땅 소개시켜 주려구요?

아줌마는 잠시 말이 없었다.

— 투잡 뛰는 거예요?

— 사실은 제가 별로 겁이 없는데요.

아빠는 낯선 남자들 사이에서 주눅 들지 않고, 최고의 비율로 폭탄주를 말던 아줌마를 떠올리며 고개를 끄덕였다. 그러시겠지, 하는 표정을 짓고 있었겠지.

— 딱 하나 무서운 게 있어요. 계약서 쓰는 거. 깡통 전세, 등기부등본. 이런 건 봐도 봐도 잘 모르겠고. 제가 그런 쪽에 좀 약해요. 전엔 남편이 다 알아서 해서. 주말에 계약서 써야 하는데 같이 가 주실, 주변에 부탁할 만한 어른이 없어서요.

아줌마는 이렇게 말했다고 했다. 자기도 어른이면서, 마치 아직 어른이 아닌 것처럼 구는 사람들이 있다. 그런 사람들은 도대체 자길 뭐라고 생각하는 걸까.

— 나도 그 나이 때 그랬어요.

아줌마는 아빠보다 열 살쯤 어렸다. 아빠는 순순히 부동산에 따라가서 계약서 쓰는 걸 지켜봤고, 아줌마는 우리 집에서 걸어서 이십 분 거리의 아파트로 이사 왔다.

— 선뜻 도와주셔서 놀랐어요. 안 좋은 소문 날까 봐 거절할 수도 있는데.

이사 온 날, 다인이와 함께 떡과 과일을 사 들고 온 아줌마가 엄마에게 말했다. 아빠는 그냥 아줌마가 남자 후배라면 했을 일을 똑같이 한 것뿐이라고 했지만, 나는 아줌마가 한 '부탁할 만한 어른'이라는 말 때문일 거라고 짐작했다.

아줌마는 누구든 경계심을 풀고 금세 친해지게 만드는 재능이 있었다. 아빠와 아줌마가 성별을 떠나 허물없는 친구가 되고, 또 엄마가 그 관계를 너무 자연스럽게 받아들이고 아줌마와 친구가 되는 걸 지켜보면서 나는 이게 진짜 어른들의 세계라고도 생각했다. 우리는 이성 친구와 따로 만나기만 하면 바로 다음 날 스캔들의 주인공이 된다. 어지간한 강심장이 아니면, 그 스캔들을 아무렇지 않게 돌파하긴 어렵다. 그냥 사람 대 사람으로 만나면 되는 거 아냐? 항상 서로 이성이라는 걸 의식하고 몸을 움츠리고 조심해서 살아야 하나 싶었다.

그래서 아줌마를 처음 봤을 때, 세상의 따가운 시선 따위 별로 의식하지 않는 거침없는 행동을 봤을 때, 저런 어른이 되고 싶다고 생각했다. 아줌마는 철없이 나이만 든, 소녀보단 장난기가 가득한 소년 쪽에 가까워 보였다. 아빠는 그런 아줌마를 '강 군', 때로는 '깡 군'이라 불렀다. 아줌마가 강 씨이고, 하는 짓이 워낙 여성적인 것과는 거리가 머니까. 그래서 깡 군, 오늘 우리 집에서 술 한잔하자, 깡 군.

한 달 후, 아줌마는 다인이 없이 혼자 엄마를 찾아왔다. 아빠는 퇴근하기 전이었다. 거실에서 같이 저녁 식사와 함께 술을 마시며 엄마에게 고민을 털어놓는 것 같았다. 둘은 남초 회사에서 살아남는 법에 대해 얘기했다. 동생을 낳고 직장을 그만둔 엄마는 아줌마의 심각한 고민조차 재미있어했다. 곧 술이 떨어졌다.

— 잠깐 있어 봐요.

엄마는 싱크대 서랍 깊은 곳에서 누구한테 선물받은 건지 모를 위스키를 꺼냈다.

— 이거 오래된 건데, 유통기한 상관없나.

— 상관없어요. 위스키는 상하지 않으니까 좋아요. 음식 오래 두면 상해서 버릴 때, 죄책감 들잖아요. 근데 술은 쓰레기가 안 돼요. 어떻게든 마시면 되니까.

— 하긴 마시고 죽기야 하겠어.

엄마가 말했다.

그날 아줌마는 취했다. 취한 사람들은 같은 말을 반복한다.

— 언니, 언니라고 불러도 되죠?

— 이미 부르고 있잖아.

— 언니라고 불러도 되죠?

— ㅎㅎㅎ.

취한 사람은 좀 전의 기억을 지우고, 다시 말한다. 이번이 처음인 것처럼 진심으로 궁금한 듯이.

— 언니라고 불러도 되죠?

— 아, 맘대로 해!

— 언니, 제가 언니라고 불러도 될까요?

그날 이후, 아줌마와 다인이는 가끔 우리 집에 놀러 왔다. 엄마와 아줌마는 식탁에서 와인이나 맥주를 마시고, 우린 태블릿으로 넷플릭스 드라마를 봤다. 아빠가 집에 있든 말든 상관없이 아줌마는 엄마와 밥을 먹고, 술 한잔할 때가 많아져서, 원래 엄마의 친구였던 것처럼 느껴질 정도였다.

그 무렵 아빠는 퇴근 후 "오늘 깡 군이 어땠냐면……"으로 시작하는 이야길 자주 했다.

— 진짜 못 말려 깡 군은.

엄마도 아줌마를 깡 군이라 부르기 시작했다.

돌이켜 보면 힌트가 있었다. 참고서 오른쪽에 붉은 글씨로 쓰인 힌트처럼.

한 달에 한 번꼴로, 음식을 사 들고 우리 집을 찾아오던 아줌마가 언제부터인가 발길을 끊었다. 아빠도 퇴근 후, 더 이상 깡 군에 대해 말하지 않았다.

　그러던 어느 날, 아빠는 출근하기 전 엄마에게 당부했다.

　— 혹시 오늘 모르는 전화 오면 받지 마.

　— 왜?

　— 그냥 받지 마.

　— 뭔데?

　— 다인이 아빠가 전화할 수도 있어. 받지 마. 말이 안 통하는 사람이야.

　— 처신 똑바로 해.

　엄마가 말했다.

　— 그 사람 원래 그렇다고 했잖아. 자기가 그러니까 다 그렇게 본다고.

　오래전에 이혼하고도 다인이 아빠는 아줌마 주변을 맴돌고 있다고 했다.

　— 그 사람 분노조절장애래.

　— 누구나 다 그래. 조절이 되면, 그게 분노야?

　— 그런 거랑 달라. 깡 군이 무섭대. 갑자기 돌변하니까.

　아줌마에게 계약서 쓰는 것 말고도 무서운 게 또 있다니. 세상 무서울 것 하나 없을 것 같던 아줌마가 어떤 남자도 아니고, 전남편을 무서워한다니.

그날 밤 늦은 시간까지 엄마 휴대폰에 전화벨이 울렸다. 동생이 대신 전화를 받으려 했다.

— 받지 마.

엄마가 날카롭게 말했다.

— 왜? 전화 왜 안 받아?

— 모르는 번호야.

— 그 사람은 모르나 봐. 모르는 번호에 전화한다는 걸 모르나 봐. 내가 받아서 잘못 거셨습니다, 할게.

— 아니야. 잘 시간이야.

엄마는 동생을 재운 다음, 전화를 받았다.

— 다인이 아빠시죠? 왜 전화했는지 알아요. 오해할 수 있어요. 그런데 아니에요. 거기 팀 분위기가 원래 그래요. 그건 제가 장담합니다. 짐작하는 거랑 다른 게 있어요.

한숨을 쉬고 계속 말했다.

— 제 남편은 제가 잘 알아요.

학부모 상담 때 부모들이 선생님들 앞에서 흔히 하는 말 같았다. 저희 애는 제가 잘 알아요. 그럴 때 선생님들은 비웃음을 감추고, 알긴 뭘 알아요? 하는 표정을 짓겠지.

며칠 후 새벽, 화장실에 다녀오다 안방 열린 문 사이로 목격한 건, 엄마 아빠가 어둠 속에서 벽에 기댄 채 앉아 있는 모습이었다. 두 사람은 아무 말도 하지 않고 있었다. 말없이 하는 대화가 가능하다면 엄마 아빠는 바로 그것을 하고 있었다. 오랜 결혼 생활의 끝이라면, 파탄 혹은 파국이라면 더 극적인 뭔가가 있어야 할 텐데 큰 소리도, 비명도, 울음도, 접시를 깨거나 던지는 사람도 없는 고요한 새벽이었다.

소년과 소녀가 만난다.

둘은 어쩌면 서로를 첫눈에 알아본다.

둘은 이미 다른 사람과 결혼했다.

(한 사람은 결혼을 취소했지만, 취소가 쉬운 게 아니다.)

돌이켜 보면 힌트가 있었다. 이미 오답을 적어 문제를 틀린 다음에야 뒤늦게 찾아보면서 왜 이걸 그냥 지나쳤을까 생각하게 되는.

다인이가 연락을 끊기 두 달 전쯤이었다. 아줌마는 몇 달만에 우리 집에 왔다.

아줌마가 여러 번 권해도 엄마는 입에 술을 대지 않았다.

─ 언니, 왜 술 안 마셔요? 언니, 처음 만났을 때, 참 멋있

다고 생각했어요. 멋있는 언니는 어디로 갔을까요?

— ······.

— 왜 안 마셔요? 언니, 우리 처음 만난 게······ 몇 년 전이죠? 그땐, 언니 참 멋있었는데. 그 언니는 어디로 갔을까요?

— ······.

그 순간 분명, 엄마는 아빠 생각을 했을 것이다. 아빠가 취해서 하는 말과 비슷하다고, 둘이 비슷한 말을 하고 있다고.

넌 참 재밌는 애였는데 그 애는 어디로 갔을까. 아빠는 종종 그런 말을 하곤 했으니까. 그래, 어디로 갔을까, 그 여자는. 우리가 알던 엄마는 어디로 갔을까. 어느새 말투까지 닮아 버린 두 사람에 대해 생각했을 것이다. 아니 서로를 닮아 간 것이 아니라, 원래 닮아 있기 때문에 끌린 것인지도.

— 엄마, 정신 차려.

전화를 받고 온 다인이가 부끄러워하며, 아줌마를 부축하고 현관문 밖으로 나갈 때까지도 돌림노래는 계속되었다.

— 어디로 갔을까요? 어디로.

다인이가 신발을 신겨 주는 동안에도 아줌마는 계속 물었다.

— 없어. 이제 그 사람은 없어. 여기 안 살아. 너희는 계속 재밌게 살아.

엄마는 엘리베이터 문 앞에서 덤덤히 말했다. 나는 너희가 당연히 아줌마와 다인이를 말하는 줄 알았다. 그때의 너희는 아줌마와 아빠를 가리키는 말이라는 생각이 든다, 이제야.

우리 이제 만나지 말자.
잘 지내.
안녕.

다인이의 마지막 문자를 다시 읽어 봤다. 짧은 문자 안에, 생략된 다른 이야기가 있다. 숨겨진 다른 이야기가, 보지 못한 장면이 있다. 다인이에게 문자를 보낼까 망설이는 사이, 윤성이에게서 톡이 왔다.

무슨 일 있어?

무슨 일? 무슨 일이 벌어지고 있는 걸까, 내 인생에.

머릿속에서 아빠와 키스하는 아줌마의 모습이 자동 재생된다. 어떻게 그럴 수 있지? 아빠가 어떻게 그래? 단골 빵집이 문을 닫아, 그 옆집에서 사려 했을 때 말리던 아빠가. 아주머니가 알면 서운해해. 딴 데서 샀는지 어떻게 알아? 장사

하는 사람들은 알아. 그걸 어떻게 알아? 말도 안 돼.

아빠는 처음 이사할 때 계약한 상가 앞 인테리어 업체나 미용실, 약국, 꽃가게 등 한 번 가서 주인과 친해지게 된 가게를 바꾸지 않았다. 재활용 쓰레기를 버릴 때, 누구보다 엄격하게 무엇은 재활용이 되고 무엇은 안 되는지를 구분하는 사람. 서재의 책들을 출판사별로, 책 제목은 정면으로 오도록 높이를 맞추어 꽂아 놓는 사람. 무단횡단도 못 하고, 사소한 규칙을 어기는 것조차 꺼리는 사람이 아빠잖아. 그리고 무엇보다, 입학식 날 엄마의 뜬금없는 질문에 아빠는 독방을 선택했잖아. 외로운 게 최고의 사치라며? 아빠가 다 망쳤어.

그런데 아빠를 마음껏 비난할 자격이 사라진 것 같아 억울했다. 단 한 번의 키스일 뿐이었다. 몇 번이나 머릿속에서 그 장면을 되풀이할 때, 예리를 생각하면 괴롭지만, 그것은 어디까지나 달콤한 괴로움이었다. 그런데 더 이상 그 장면을 재생할 수 없게 되었다. 키스하는 우리 모습 위로 아빠와 아줌마의 모습이 겹쳐져서.

*

예배당 문 앞에서 서성거리는데 한 아저씨가 다가왔다.

"새 신자세요?"

"아니요."

전 앞으로 죽을 때까지 교회나 성당은 다니지 않을 거예요. 속엣말을 삼키고 주춤거리며 물러나는데, 누가 어깨를 쳐서 돌아보니 다인이였다. 아줌마와 함께였다.

아줌마를 보자마자, 몸이 굳었다. 아무 생각도 나지 않고, 말도 나오지 않았다. 다인이를 만나야겠다는 생각만 했을 뿐, 아줌마까지 같이 보게 될 줄은 몰랐다. 반갑다는 인사조차 하지 못하는 아줌마의 얼굴을 본 순간, 동생이 한 말이 사실이란 걸 알았다. 동생은 꿈꾼 게 아니다. 완벽한 거짓말을 꾸며 낸 게 아니다.

어떻게 그래요? 매주 성당에 다니는 사람이? 우리 엄마한테 어떻게 그럴 수가 있어요? 울 엄마는 마트에서 좋은 물건 있으면 꼭 두 개씩 샀어요. 아줌마랑 나눠 쓴다고. 하느님이 당신 같은 사람 기도도 들어준대요? 제멋대로 죄짓고 살다가 일요일에 회개 기도 하면 끝이니까 참 편하겠네요. 당신들은…….

가슴속에서 들끓는 말들이 한마디도 소리가 되어 나오지 않았다.

눈빛으로 사람을 죽일 수는 없겠지만, 평생 괴로울 만한 상처를 남길 순 있겠지. 내가 지금 할 수 있는 일은 최대한의 경멸을 담아 이 여자를 쏘아보는 것뿐이었다. 어릴 때부터 나는 누군가 미워질 때면, 그 사람이 죽어 가는 모습을 상상했다. 당신은 지금 죽어 가고 있어. 아빠도 죽겠지. 둘이 비참하게 죽어 가는 모습을 상상해도 웬일인지 기분이 조금도 나아지지 않았다.

무엇보다 나는 아빠와 아줌마의 마음이 어땠을지, 그들이 무엇을 했는지, 뭘 하려고 했는지 알 수 있었다……. 알 수 있었다. 세상 모두가 다 날 손가락질하고 외면해도 괜찮다고 생각한 순간이 있었으니까. 한번 알게 되면 알기 전으로 돌아갈 수 없는 일들이 있다.

"엄마, 먼저 가."

다인이는 아줌마를 등 떠밀어 보내고 나를 성당 앞의 카페로 데려갔다. 카페에 앉아 있던 아주머니 몇이 네가 다인이 맞지? 너 많이 컸다, 학교는 어디 다니니, 벌써 고등학생이라고? 계속 물었다. 다인이는 한참을 붙들렸다 풀려났다.

"세상에, 처음 보는 사람인데 날 잘 안대. 돌잔치 때부터 죽 봤대. 그래서 그 애가 저인지 어떻게 아세요? 그랬더니 막 웃으면서 세 살 때도 보고, 일곱 살 때도 보고, 초딩 때도 보고 그랬대. 난 기억 하나도 안 나. 완전 소름 돋아. 무섭지 않니?"

"……하느님은 안 무서워?"

"하느님이 뭐가 무서워?"

태어날 때부터 지금까지 24시간 놓치지 않고 우리의 모든 행동을 지켜보고 있다는 신을 어떻게 넌 무서워하지 않니? 우리가 나쁜 행동을 할 때도 보고 있는, 아니 나쁜 마음을 먹은 것조차 다 안다는 신을 넌 어떻게 무서워하지 않니?

"오늘은 뭘 따졌어?"

"이거."

다인은 깁스한 오른팔을 가리켰다. 깁스를 한 게 그제야 눈에 들어왔다.

"어쩌다?"

왜 너희 엄마랑 우리 아빠 얘기는 안 따졌어? 왜 우리 인생을 아침 드라마처럼 통속적으로 만드냐고, 그건 예전에 따진 거야? 넌 이 모든 걸 언제부터 알고 있었어?

"나무 꼭대기에 올라갔거든."

외국 만화나 영화엔 주인공이 나무 꼭대기에 앉아 아래를 내려다보는 장면이 자주 나온다. 넷플릭스 드라마 「빨간 머리 앤」을 함께 보다 다인이는 언젠가 한번은 나무 위에 꼭 올라가 보고 싶다고 했었다.

"맨정신에?"

"당근 아니지……. 취해서 올라갔지. 올라갈 땐 안 무서웠는데 위에서 내려다보니 무서운 거야. 떨어지면 무조건 다칠 것 같애. 나무 위에서 119에 전화할까 말끼 망설였어."

"119?"

"그치, 웃기잖아. 그래서 이건 무조건 다치는 거다. 안 다칠 수 없다. 그렇게 마음먹고 뛰어내렸어. 의사 샘이 그랬어. 천만다행이래. 떨어질 때 취한 상태여서 많이 안 다쳤대. 몸이 이완된 상태라……. 그래서 내가 그랬지. 안 취했으면 거기 올라가지도 않죠……. 근데 팔이 부러지니까 세상이 완전히 다르게 보여. 사람들 얼굴보다 팔이 먼저 보여. 나 빼곤 멀쩡해. 그 사람들은 자기가 멀쩡한 걸 모르겠지. 다리를 다친 사람은 다리만 보겠지. 그런 생각을 했어. 어딘가 다치지 않으면, 부서지고 망가지지 않으면 새로운 걸 볼 수 없으니까, 사람들은 자기가 직접 당해 보기 전엔 절대 모르니까. 그래서 하느님도 어쩔 수 없이 이런 방법으로 알려 주시나? 뭐든 직접 겪어 보라고."

뭐든 겪어 보라고 팔 부러뜨리고? 다리 부러뜨리고? 그러곤 집안 하나씩 무너뜨리고?

"원인 잘 지내?"

"똑같지. 계속 엄마 붙잡고 귀찮게 뭘 물어봐."

엄마 얘긴 꺼내는 게 아니었다. 엄마라는 말이 나오자, 다인이의 눈빛이 흔들렸다. 내가 아줌마를 보고 그랬던 것처럼. 우리 하곤 상관없잖아. 너랑 나랑은. 아니, 이건 거짓말이다. 다인이가 아줌마를 이렇게 많이 닮은 줄 예전엔 몰랐다. 그러니까, 내가 아줌마를 좋아하던 땐…… 다인이의 얼굴 속에 아줌마가 있었다.

"그거 언제 풀어?"

"일주일 뒤? 너도 뭐 하나 써."

깁스에는 아이들이 한 낙서가 가득했다. 다인이가 건네준 펜을 받았지만, 뭐라고 써야 할지 알 수 없었다.

"쓸 거 없음 이름이라도 써……. 그때, 나무에서 떨어지기 전에 말야. 119는 너무했고, 너한테 전화할까 잠깐 생각했어. 근데 그것도 웃기잖아."

난 다인이의 깁스에 숫자 0을 작게 적었다. 어쩌다 이름을 써야 할 일이 생기면, 난 0을 쓰곤 했다. 다시 다인일 만날 일은 없다. 길에서 우연히 마주칠 순 있겠지만 그래도 우리가 다시 친구가 될 확률은 0이다……. 숫자 0을 쓰는 짧은 순간에 깨달았다.

국어 샘이 말했다. 인생은 자기가 써 나가는 하나의 이야기라고. 아무도 대신 써 줄 수 없는 유일한 이야기. 내가 바로 작가면서 주인공이고 독자라고. 말은 그럴듯하지, 어린애들이 딱 속기 쉽지. 인생은 자기 혼자 쓸 수 있는 이야기가 아냐. 뭔가 쓰기도 전에, 시작하기도 전에, 이미 잔뜩 쓰여 있는 이야기일 뿐. 등장인물도, 플롯도 이미 정해져 있을 뿐. 내 뜻과는 상관없이 엉망진창으로. 내 맘대로 쓸 수 없는데, 너덜너덜한 종이를 들이밀면서 무엇이든 새롭게 쓸 수 있다고 사기 좀 치지 마세요! 나는 내 인생의 유일한 작가도, 주인공도, 독자도 될 수 없으니까.

다인이와 헤어지고 돌아오는 길, 작년 여름 두 가족이 함께 갔던 여행이 떠올랐다. 우린 바닷가에서 파라솔을 두 개 빌렸다. 다인이는 같이 서핑을 배우자고 했다.

— 둘이 하면 할인된대!

— 나는 태양이 싫어, 파도가 싫어. 모래가 싫어.

다인이에게 끌려가지 않으려고, 나는 끝까지 버텼다. 결국 다인이 혼자 강습을 받고 나는 바닷가에 앉아 다인이가 몇 번이나 파도에 넘어지고, 뒤집히고 물 먹는 걸 지켜봤다. 마침내 다인이가 파도 위에 아슬아슬하게 균형을 유지하며 섰다. 옆에 있던 아줌마가 내게 다급하게 부탁했다.

― 영아, 동영상 좀 찍어 줄래?

이제 파도 위에 선 다인이가 소리를 질렀다. 악! 소리를 지르면, 나도 악! 외쳤다. 한 사람은 파도 안에서, 한 사람은 밖에서.

― 뒷부분은 잘렸어요.

아줌마에게 휴대폰을 넘겨주며 말했다. 다인이는 자꾸 카메라 프레임 밖으로 사라졌다.

― 괜찮아. 내가 찍어도 됐는데.

아줌마는 다인이가 파도 위에서 일어나는 순간을 직접 두 눈으로 지켜보고 싶었을 것이다. 나와 아줌마는 휴대폰을 가운데 두고 촬영한 영상을 되풀이해 봤다. 같은 순간에 웃다가, 마주 댄 머리를 몇 번이나 부딪히기도 했다.

― 몰랐어. 정말 몰랐어.

아줌마가 말했다.

침대에 누워 어디에도 가려고 하지 않던 다인이의 한때를 떠올리며 이런 날이 올 줄 몰랐다는 뜻인 것 같았다.

― 고맙다. 너도 할 걸 그랬지? 내년엔 꼭 같이해.

― 저는 이게 좋아요. 여기서 보는 게.

― 내년엔 맘이 바뀔걸.

흠뻑 젖은 다인이가 우리 자리로 돌아왔다.

— 미쳤어, 미쳤어, 너무 재밌어! 어떻게 이걸 안 해? 응?

여전히 흥분한 상태로 소리 질렀다.

그때, 복숭아를 파는 아주머니가 파라솔로 다가왔다. 이렇게 무거운 광주릴 머리에 이고, 모래밭을 어떻게 걸어 다닐까 싶었다. 만 원어치 복숭아가 열 개나 됐다. 대여섯 개를 아주머니가 그 자리에서 깎아 줬다. 한 입 베어 물면 즙이 줄줄 흐르는 복숭아였다. 복숭아를 다 먹을 즈음, 비가 쏟아지기 시작했다. 우리는 가까운 카페로 피신했다. 카페 안은 사람들로 북적이는데, 여전히 바닷물에서 노는 한 무리가 있었다.

— 이제 물이 찰 텐데.

— 젊음이 참 좋다.

한마디씩 하는 어른들 목소리에 묻은 아쉬움을 동생도 느낀 것일까. 원이가 물었다.

— 늙은 건 안 좋아? 한번 늙은 사람은, 다시 젊어질 수 없어?

세 어른이 동시에 아, 하는 짧은 탄식을 했다.

— 방법 있으면 엄마한테 꼭 알려 줘. 젊어지는 약 좀 만들어 주세요.

— 아빠는 알지?

— 공짜로? 안 알려 줘.

— 뭔데?

— 네가 내 나이 되면 알려 줄게. 아, 근데 그땐 내가 이 세상에 없겠다. 미리 녹음해 놓을게.

— 아, 진짜 뭔데? 아줌만 알아요?

— 왜 화살이 나한테까지 오지? 내 생각엔 방법이 아예 없지는 않아. 멈추지 않으면 돼.

— 뭘요?

아줌마가 원이에게 가까이 오라고 손짓하더니, 귓속말을 했다.

— 정말요?

동생이 큰 소리로 되물었다. 바로 옆에 있던 다인이는 아줌마의 귓속말을 들은 것일까. 그만 좀 하라는 뜻으로 아줌마의 어깨를 살짝 잡았다. 왜 그래? 내가 뭘 어쨌다고? 하는 표정으로 아줌마가 다인이를 쳐다봤다. 다인이의 얼굴에 걱정과 불안의 그림자가 어른거렸다.

세상에는 진짜로 늙지 않는 어른들이 있을지도 몰라. 계속 아줌마를 주시하는 다인이를 보며 생각했다. 그런 어른들은 자기가 늙지 않는 대신 아직 어려도 될 아이들을 빠르게 지치고 늙게 만든다고.

7
집에서 길을 잃으면

현관에 들어서자마자, 원이가 나한테 주먹 쥔 손을 펼쳐 보였다. 손안에 하얗고 작은 조각이 있었다.

"젤리 먹다 빠졌어. 버리면 안 돼. 아빠랑 두껍아 두껍아 헌니 줄게. 새 이 다오. 이 노래 불렀어."

노래를 부르며 책상 서랍에서 뭔가를 가져온다. 손바닥 만 한 원통형 플라스틱은 '유치 보관함'이다. 뚜껑 안에는 윗니, 아랫니 그림이 붙어 있고, 치아가 빠지는 순서가 적혀 있다. 앞니, 앞니 옆의 이, 송곳니, 작은 어금니, 큰 어금니. 그리고 순서대로 빠진 이를 넣을 수 있게 작은 홈이 파여 있다. 동생은 보관함에 송곳니를 넣고 상자를 닫았다. 도대체 빠진

이빨을 남겨서 뭐 하자는 거지? 의문이 들지만, 동생이 하는 걸 그냥 보기만 했다. 유치 보관함 따윌 살 사람은 이 집에서 아빠밖에 없다. 아빠는 인터넷을 서핑하다 신기한 물건이 나오면, 망설임 없이 주문하고 택배 오는 날만을 기다렸다.

"정말 유치하네."

"유치한 게 뭐야?"

"유치한 게 유치한 거지."

"그니깐 유치한 게 뭔데?"

도돌이표 같은 아홉 살의 질문이 또 시작되었다.

아빠는 동생이 태어났을 때 처음으로 입은 배냇저고리를 버리지 않고 간직했다. 젖먹이가 토한 자국들로 누렇게 변색된. 내 것도 있다며 나중에 결혼할 때 주겠다고 했다. 됐거든. 이딴 게 뭐 필요해? 했지만, 그래도 그런 점이 내가 물려받지 못한 아빠의 좋은 성격이라고 생각했다. 무엇이든 잘 잃어버리고 챙기지 못하는 엄마와 나와는 근본적으로 다른. 물건을 다루는 방식이 곧 사람에 대한 태도라고, 아빠는 언젠가 말했었다. 칠 년간의 연애 시절 주고받은 편지들을 아빠는 아직도 보관하고 있고, 엄마는 진즉에 잃어버렸다. 아빠는 취미로 산 레고 상자를 함부로 뜯지 않고, 흠집이 나지 않게 조심스레 칼로 테이프만 자른 다음, 내용물을 꺼내고 상자를 다시 그대로 잘 보관했는데, 그러다 보니 집에 상자만 해도 수십 개였다.

이 아파트로 이사 올 때, 엄마 아빠는 그 빈 상자들 때문에 실랑이를 벌였다. 엄마의 눈에 빈 상자는 그저 집 안을 잠식하는 잡동사니, 쓰레기일 뿐이었다. 아빠는 빈 상자조차도 그렇게 소중하게 다루고 간직하는 사람인데…… 그럼 뭘해? 뭘 하겠어.

동생을 데리고 집 앞 꽃가게로 갔다. 방학 숙제 중 하나가 '강낭콩 키우기'였다. 내가 어릴 때도 강낭콩 키우기를 했었는데, 여전히 초딩들은 강낭콩을 키운다. 주인아줌마가 웬일로 너희 둘만 왔느냐며, 엄마 아빠의 안부를 물었다.

"두 분 다 잘 계시지?"

"네네."

나는 화분을, 원이는 씨앗이 든 비닐봉지를 들고 집으로 돌아왔다. 씨앗을 급하게 꺼내려던 원이는 그만 흙이 가득 담긴 봉지를 터뜨렸다.

"내 씨앗!"

씨앗을 찾겠다고 흙을 헤집느라 거실은 금세 난장판이 되었다.

"찾았어! 누나, 이걸 빨리 꺼내서 심어야 해."

동생은 흙투성이가 된 얼굴로 말했다. 나는 마루 틈 사이에 들어간 작은 씨앗에게조차 화가 났다.

왜 우리 집에 왔니. 왜 왔니. 우릴 널 키울 수 없는데, 아무것도 키울 수 없는데. 강낭콩 키우기를 너무 쉽게 생각하고 과제를 내주는 선생님들에게도 화가 났다. 이 작은 씨앗조차 키우려면 매일 물을 주고 햇빛을 쬐어 줘야 하잖아요. 모든 집이 강낭콩 정도야 당연히 쉽게 키울 수 있다고, 왜 그렇게 생각하세요?

원이는 아침마다 깨자마자 강낭콩이 얼마나 자랐는지 확인했다.

"누나, 이거 봐. 어젯밤에 분명히 얘는 저쪽에 있었어. 거짓말 아냐."

흥분해서 창가 반대편을 가리키는 손가락이 흔들렸다. 이제 창문 쪽으로 강낭콩의 줄기와 잎이 휘어져 있었다.

"근데 얘가 이쪽으로 돌았어. 얘는 살아 있어. 진짜로. 자기가 좋아하는 쪽으로 움직여."

강낭콩조차도 햇살을 향해 나아가는데, 좋아하는 쪽으로 움직이는데, 모든 살아 있는 것들은 그게 마땅한데, 엄마는 여전히 불을 켜지 않고 어두운 방에 꼼짝없이 누워 있었다.

집이야말로 가장 길을 잃기 쉬운 곳인지도 모른다. 엄마는 집에서 길을 잃었다. 밖으로 나가는 법을 잊었다. 다인이가, 예리가 그랬던 것처럼.

― 사람이 보고 있는 동안엔 안 살아난대. 우리가 안 보고 있어야 살아난대.

윤성이가 한 이야길 떠올리면서 집 밖으로 나왔다. 벤치에 잠시 앉아 있는데 톡이 왔다. 혹시 윤성이일까 싶었는데 아빠였다. 어떻게 지내냐는, 왜 요즘 전화를 안 받느냐는, 아빠는 출장으로 부산에 와 있다는. 아빠는 어제도 같은 톡을 보내왔다.

난 항상 사랑의 편에 서고 싶었는데 아빠 때문에 망했어. 아빠 같은 사람이 될까 봐. 아줌마 같은 여자가 될까 봐. 앞에선 해맑은 얼굴로 언니, 언니 하며 따르고 뒤에선……. 이제 아빠나 아줌마 같은 사람들, 그러니까 나 같은 사람들이 싫어졌어. 내가 두려운 건 엄마 아빠의 이혼이 아냐. 이제 겨우 초등학생인 동생이 가여운 게 아냐. 아빠 때문에 내 사랑이 방해 받을까 봐, 내가 더 이상 그 사람을 좋아할 수 없게 될까 봐. 그게 두려운 거야.

어떻게 이렇게 이기적일 수가 있지? 이 상황에서도 내가, 내 마음이 제일 중요한 사람이라니. 엄마의 충격이나 슬픔 따위와 상관없이.

그러나 이번엔 스스로에게 실망하지 않았다. 오히려 놀랍게도 안도감이 들었다.

다. 행. 이. 다.

내가 지독히도 이기적인 사람이어서.

*

나는 거꾸리와 대결하듯 서 있었다. 거꾸리 따위가 우울 퇴치법이라고 생각하던 때가 있었다. 그런 때가 있었다.

"여기서 뭐 해?"

돌아보니 어느새 윤성이가 옆에 와 있었다.

"얘는 뭔 쥔데? 무섭게 노려보던데."

윤성이는 거꾸리에 올라서더니 가볍게 몸을 뒤집었다.

"부모님 이혼할 때, 넌 몇 살이었어?"

부모의 이혼을 겪은 걸로 치자면 그는 한참 인생 선배다. 다인이도 그렇고. 이제 보니 우리 부모가 젤 늦었다.

"아, 그거. 첫 번째는…… 여덟 살 때였나, 두 번째는 열두 살 때."

이걸 두 번이나 겪었다고?

"요즘 좀 불안한 게, 이 여자가 세 번 결혼할까 봐…… 연애하거든."

"병원에 계시지 않아?"

"그게, 옆 병실 환자랑."

"진짜 대단해. 우리 엄만 결혼식 날, 웨딩드레스 입고 신부 대기실에 있는데 딱 이 생각이 들었대. 두 번은 못 할 짓이다."

사랑에 빠지는 건 번개에 맞는 거랑 같다잖아. 평생 번개 맞을 확률은 아주 낮다는데, 세 번을 맞았다면 대단한 거지. 자꾸 아무것도 모르는 상태로 되돌아가는 거, 뇌가 초기화되는 거, 그런 능력이 있다면 행운일까, 불운일까.

"처음엔 할머니랑 몇 년 살다가, 그다음에 일 년에 반은 엄마, 반은 아빠랑 살았는데, 둘 다 전보다 훨씬 잘해 줬어. 야단도 안 치고, 잔소리도 안 하고. 용돈도 두 배가 되고. 봐 봐! 내가 더 좋은 부모라니까. 내가 더 괜찮은 사람이야. 이렇게 헤어지고 나서도 서로 경쟁하더라."

"괜찮네."

"그렇게 나쁜 건 아니던데."

"바보 같은 생각을 했어."

"나 때문에 이혼하나? 그런 생각?"

그걸 어떻게 알았을까.

"애들은 다 비슷한 생각을 할걸. 난 그때 내가 받아쓰기 30점 받아서 그런가 했어. 내가 내가 아니고, 다른 애였다면. 매일 밤 잠들기 전에 그런 생각을 했지."

"정말?"

"엄마가 그때 충격받았거든. 찐으로."

"30점은 받기 어려운 점순데, 어떻게 해야 30점이 나와?"

"하하하. 아, 근데 이거 넘 힘들다."

윤성이는 만화책에 그려진 말풍선처럼 '하하하' 소리 내어 웃었는데, 나는 만약 다른 사람이 이런 웃음소리를 낸다면 듣기 싫을 것 같다고 생각했다. 얼굴이 붉어진 채로, 윤성이는 뒤집힌 거꾸리에서 내려왔다.

"엄마도 그때 똑같이 말했어. 어떻게 해야 받아쓰기 30점이 나와? 난 다 소리 나는 대로 썼거든. 나름 일관성이 있었지."

넌 참 바보 같은데, 책이랑도 안 친한데 가끔 어려운 말을 쓴다. 이제 너의 일관성은 뭘까. 오는 여자 막지 않는 거? 이 여자, 저 여자 일단 만나 보는 거? 공평하게 좋아하는 거? 그럼 나란 인간의 일관성은 뭘까. 30점짜리 받아쓰기 공책을 펼쳐 들고, 왜 틀렸는지 이해가 되지 않아 고개를 갸웃거리는 여덟 살 윤성의 모습을 그려 보다 문득 그 아이를 만나고

싶다고 생각했다. 어렸을 때의 너, 우리가 처음 만나기 전의
너를 보고 싶다고.

"그럼 안 좋은 점은 뭐야?"

"안 좋은 점은 우리 형이 그때, 그런 말을 했어. 오늘까지신
지구에서 살았는데 내일부턴 아니라고. 세상에 믿을 건 하나
없고, 어디로 가든 늘 출렁다리 위를 걷는 것처럼 발밑이 흔
들린대."

"세상에 믿을 건 원래 없는데?"

"그런가? 암튼 자기가 스무 살 넘도록 모솔인 게, 엄마 아
빠 탓이라나."

"형제가 다르네."

"그런가."

"너는……."

"난 뭐?"

"양다리잖아. 아님 샛길로 빠진 거니?"

자신은 아무 잘못이 없다는 듯, 순진무구한 표정이 순간
얄밉게 느껴져 말해 버렸다.

"……."

"다음 주부터 바빠지겠다. 월수금은…… (나는 예리의 이
름을 소리 내어 말할 수 없었다) 화목은 나, 아님 격주로 만

나는 걸로?"

이런 마음은 도대체 뭘까. 상대에게 상처를 주면서, 그런 상대를 선택한 자신도 동시에 상처 입히는 마음은.

"난 그렇게 부지런하지 않은데."

"우리 아빠 엄청 게으른데 바람은 피웠어."

아빠는 게으른 사람들은 귀찮아서 나쁜 짓도 못 한다며 항상 게으름을 옹호했었다.

"양다리란 말은 좀 별로다. 음, 오버랩. 이 정도 어때?"

오버랩 좋아하시네. 오버랩. 하나의 화면이 끝나기 전에 다음 화면이 겹치면서 먼저 화면이 차차 사라지는 것. 잠시 겹쳐졌을 뿐, 결국 한 장면은 사라지고 한 장면이 남는다. 점점 사라지는 사람은 나일 수도 예리일 수도 있다. 아빠가 아줌마한테 말하는 상상을 했다. 양다리란 말은 좀 그래. 오버랩이라고 하면 어때.

"난 양다리는 못 만날 것 같아. 그걸 오버랩이라 부르든 말든. 그게 앞으로 내 일관성이었음 좋겠다고 지금 막 생각했어."

윤성인 이번에도 손으로 얼굴 한쪽을 감싸고 한참 말이 없었다. 내 얼굴을 섬세하게 만지던 그 손가락으로.

"난 잘 모르겠어. 그냥 두고 보면 안 되나. 넌 어떻게 네 마음을 알아?"

이건 알고 말고 하는 문제가 아냐. 엄마 아빠가 이혼했든 말든 아무 상관 없어. 시간을 두고 마음이 어떻게 되나, 어디로 흘러가나 두고 보자고? 난 자주 틀리고, 잘못 보고 들으니까, 나에 대한 모든 걸 의심했어. 범인은 늘 내 안에 있었어. 그런데 이건 모르려야 모를 수가 없어.

거꾸리 앞에서 우리 둘은 한 번도 같은 마음인 적이 없다는 걸 확실히 알게 되었다.

*

휴대폰에 예리라고 이름이 떴다. 전화를 받을까 말까 망설이다 받지 않았다. 잠시 후 톡이 왔다.

예리: 테디베어 박물관에서 인형 샀거든. 이따 학원 가는 길에 잠깐 만나서 전해 줄게.
나: 미안, 나 감기 걸렸어. 옮길까 봐. 나으면 봐.
예리: 요즘 여름 감기가 유행이네. 윤성이도 그래. 심한가 봐. 그럼 개학하면 줄게. 약 먹고 푹 쉬어.

그냥 유행이라서, 어쩌면 그날 비를 좀 맞아서, 아니면 혹시 그것 때문에 우리는 같이 감기에 걸렸는지도 모른다. 이렇게 생각하자, 그날 우리가 나눈 것이 실체를 가진 것으로 느껴지기 시작했다. 그것이 감기 바이러스라고 해도 괜찮았다.

다음 날 눈을 떴을 때, 열이 내리고 근육통도 사라졌다. 내몸을 관통했던 그것은 며칠을 머물다 사라졌다. 이제 더 이상 아프지 않았다. 나는 나았다.

그리고 이제 정말 아무것도 남지 않았다.

8

무거운 먼지들

사로잡히지 마라. 사로잡히지 마라.

어느 날, 엄마는 법륜 스님의 강의를 듣기 시작했다. 집에서 길을 잃고 밖으로 나가지 못하고, 꼼짝없이 누워만 있던 엄마에게 '어느 날'은 그렇게 왔다. 어떤 힘이 라디오 버튼을 누르게 했는지는 모르겠다. 어떤 소리도 듣고 싶지 않은 것처럼 보였던 엄마가 이제 무언가를 귀 기울여 듣고 있었다. 어두워지면 불을 켰고, 인터넷으로 밀린 메일을 읽고, 문자 메시지에 답도 했다. '사로잡히지 마라'가 효과 있었던 걸까. 아님 끊임없이 말을 거는 동생 때문일까.

"엄마, 사랑해."

원이가 말했다.

"얼마만큼?"

예전엔 하늘만큼 땅만큼이라고 말했었다. 이제는 다르다.

"사막만큼, 초원만큼, 우주에 있는 으, 으, 그 뭐지, 그 이름이 뭐였, 안드로? 암튼 이름이 긴 어떤 행성만큼."

한동안 그 무엇에도 놀라지 않을 것 같던 엄마는 자신이 낳은 아이의 입에서 사막이니 초원, 어떤 행성이니 하는 단어가 흘러나오는 걸 들으면서 우주의 신비를 느끼나 보다. 엄마는 가끔 말없이 동생을 꼭 껴안았다. 한동안 지구에 혼자 남은 사람처럼 우리가 여기 있다는 것을 잊은 듯 보였는데, 나한텐 너희가 있었지 다시 깨달은 것 같았다.

"너무 오만했어. 인생을 쉽게 봤어. 심심하고 지루해서 무슨 일이라도 생기길 바랐어. 그 대가야. 미안해. 너희까지 끌어들여서."

이 모든 게 오만의 대가라니, 자신이 그리스 비극의 주인공이라도 된 줄 아는 걸까. 엄마가 다시 살아난 건 반가웠지만, 착각은 하지 말았으면 했다.

"엄마는 아침 드라마 주인공도 못 돼."

엄마가 내 얼굴을 뚫어지게 바라봤다.

"내 딸 맞네."

어렸을 때부터 빈정거리는 걸로 치자면, 내게 누구보다 뛰어난 재능이 있다는 걸 알려 준 사람이 바로 엄마였다.

집 안에 낮은 웃음소리가 다시 들리기 시작했다.

엄마는 이제 티비를 틀어 놓고 볼 수도 있게 됐다. 엄마 옆에 슬며시 앉아 같이 티비를 봤다. 드라마에서 남편의 바람을 알게 된 여자가 울고 있었다. 채널을 돌릴 타이밍을 놓쳤다. 언니, 언니 따르던 후배였는데, 나만 몰랐어, 어떻게 나만 몰랐어, 나만. 클리셰. 어디선가 본 듯한 진부한 장면, 상투적 줄거리, 전형적인 수법, 삶이 온갖 클리셰로 가득 차 있는 것처럼 티비 드라마도 그렇다. 나는 드라마나 영화가 우릴 모방하는 게 아니라, 우리가 상투적인 드라마를 벗어나지 못한 채 살고 있는 것만 같다.

나는 드라마의 여자 대신 상상 속의 엄마를 보고 있다. 횡단보도만 건너면 공원이 나오고 다인이네 집이 나온다. 엄마는 한달음에 횡단보도를 건너고, 그 아파트 현관 앞에서 침착하게 벨을 누른다. 아줌마가 나오면 얼굴에 침을 뱉거나 뺨을 때리지 않는 대신, 평생 잊을 수 없는 모욕적인 말을 내뱉는다. 그래서 결국 망가뜨리고 싶은 건 자기 자신. 나라는 인간을 송두리째 바닥에 처박고 망가지는 모습을 지켜보고 싶은 가학적인 욕구를, 엄마도 느낀 적이 있을까.

티비를 보는 엄마의 옆얼굴을 바라봤다.

사과를 조용히 씹고 있는 엄마도 그런 충동을 느낀 적이 있을 것만 같다. 어쩌면 엄마는 한동안 혼자 어두운 방에서 그 충동과 싸운 것일지도.

엄마, 사랑의 반대편에 선 사람들이 너무 많기 때문에 엄마 항상 사랑의 편에 설 거라고 했잖아, 우리라도 그래야 한다고 했잖아, 그래야 조금이라도 균형이 맞는다고. 아직도 그래? 아직도 그렇게 생각해?

엄마 아빠는 떨어져 살기로 했다. 일 년이 될지, 이 년이 될지 모르지만. 엄마는 당분간 어떤 중요한 판단도, 결정도 하지 않기로 했단다. 상태가 안 좋을 땐, 그게 제일 낫다고 했다. 생각 정지, (이미 정지된 거 아니었어?) 판단 보류.

이럴 때 기분은 어떨까. 우리의 결혼은 깨졌는데, 다른 사람 결혼식에 참석하는 기분은? 아무래도 엄마 아빠는 판단 보류 상태를 지나면 이혼할 것 같은데, 친척들에겐 알리고 싶지 않아서 사촌 언니의 결혼식에 같이 참석하기로 했다.

아빠가 운전하는 차로 결혼식장까지 가는 동안 엄마는 말했다.

"어제 원이가 할머니한테 전화하면서 뭐랬는지 알아? 할머니, 할머니는 숨겨진 재능이 뭐야?"

"일흔 살에 숨겨진 재능?"

아빠는 어깨가 들썩이도록 웃었다. 이제 엄마 아빠는 따로 살면서 동생과 나에 대해서만 얘기했다.

만약 누군가 바람을 피운다면, 나는 그게 아빠가 아니라 엄마일 거라고 줄곧 생각했다. 아빠는 누군가와 대화하고, 산책하는 시간보다 혼자 레고를 만들며 보내는 걸 좋아했으니까. 무엇보다 아빠는 독방을 선택했으니까.

오늘의 결혼식은 혼배 미사와 예식장 결혼식을 반반 섞어 놓은 스타일이었다.

결혼식 시작 전에 스크린에 준비된 영상이 흘렀다. 분할된 화면에 신랑, 신부의 어릴 적 사진이 동시에 나오기 시작했다. 돌잔치 때 사진이 나오자 하객들 사이에서 웃음이 터졌다. 두 살, 세 살, 다섯 살, 유치원 졸업식, 초등학교, 중학교, 고등학교, 대학 졸업식까지. 어린아이들이 자라 이제 결혼을 하게 된다.

영상을 보는 엄마, 아빠의 표정을 흘깃 봤다. 어두워서 잘 보이진 않지만 웃고 있는 것 같다. 몰랐어, 우린 결혼이 뭔지 모르고 했어. 너희도 이게 뭔지 모르고 하겠구나, 이런 생각을 하려나.

신부님이 현명한 결혼생활이란 무엇인지에 대해 뭐라고 뭐라고 긴 말씀을 하시기 시작했다. 근데 신부님은 결혼 안 했잖아요. 모르잖아요. 신부님이 결혼이 뭔지 알아요? 당신이 뭘 알아요? 뭘 알아?

요즘은 마주치는 모든 사람들에게 이렇게 따져 묻고 싶다. 마음속에서 소용돌이치는 말들이 언젠간 밖으로 터져 나올 것만 같다.

이제 신랑 신부는 서로에게 서약을 했다.

"죽을 때까지 서로를…… 사랑…… 영원히……."

어디선가 훌쩍이는 소리가 들려 돌아보니, 뒷줄의 어떤 아주머니가 손수건으로 눈가를 닦고 있었다. 신랑 신부의 부모는 아니고, 친척쯤 되는 사이일까. 한동안 '무한의 게임'이라는 컴퓨터 게임에 빠진 동생은 엄마에게 무한이 뭐야, 영원이 뭐야, 묻곤 했는데, 무한이나 영원이란 단어를 들으면 엄마는 알 수 없는 슬픔에 빠지곤 한다고 했었다. 그러면서 왜 자식들 이름은 영, 원이라고 지었는지.

결혼식을 마치고, 아빠는 우리를 차로 집까지 데려다줬다. 이제 아빠는 집으로 같이 올라가지 않는다. 동생이 깊이 잠들어 깨우지 않고, 아파트 지하 주차장에 차를 댄 채 엄마 아빠는 이야기를 나눴다.

나는 엄마 아빠의 말소리가 두런두런 이어지는 느낌이 좋아 뒷좌석에서 잠든 척 계속 눈을 감고 있었다.

*

모두가 하기 싫어하면서도, 모두가 바보 같은 일인 줄 알면서도 하는 일들이 있다. 예를 들어 참관수업 같은 것. 어젯밤 엄마 아빠는 동생의 첫 참관수업을 앞두고 통화를 했다. 엄마는 새 직장 최종 면접 때문에, 아빠는 휴직을 앞둔 인수인계 때문에 시간이 안 된다고 했다.

"다른 사람들 다 오면? 우리 애만 혼자 아무도 안 오면?"

"그런 기분도 느껴 봐야지."

어렸을 때, 상실이나 결핍의 감정을 느껴 봐야 한다는 아빠의 의견에 엄마도 동의했지만, 그 시점이 초등학교 첫 참관수업일 필요는 없었다.

"내가 갈게."

스피커 통화에 내가 끼어들어 말했다.

그게 말이 돼? 하는 표정으로 엄마가 바라봤다.

"아무도 안 가는 것보다 낫지."

"학교는 어쩌고?"

"담임한테 말하고 조퇴하면 돼. 부모님이 별거 중입니다. 두 분 다 상태가 안 좋아서 동생 참관수업에 갈 수 없어요. 이렇게 말하면 안 보내 주겠어?"

동생은 '가족'이란 단원 수업 발표를 위해, 최근에 찍은 가족사진이 필요하다고 했다. 나는 엄마의 휴대폰에 쓸 만한 사진이 있는지 찾아보았다. 사진 앨범을 일 년씩 거슬러 올라갈수록, 나와 동생은 점점 더 어린 얼굴이 되었다. 동생이 두세 살 무렵일까, 엄마의 휴대폰을 가져다 아무 데나 누르고 찍어 댄 사진들이 있었다. 그때의 엄마는 늘 잠이 부족해서 아이가 무엇을 하든 제지하지 못했던 것 같다. 초점이 맞지 않아 흔들리는 티비 화면, 어항 속의 죽은 물고기들, 뿌옇게 흐려진 엄마, 아빠, 내 얼굴, 두세 겹으로 보이는 가구들, 그리고 아예 아무것도 찍히지 않은, 까만 사진들이 가득한 일 년이 있었다. 아무렇게나 찍어 댄 검은 사진들은 자신조차도 제대로 들여다보지 못한 엄마의 어두운 시간들 같았다.

어릴 때 처음으로 연극을 보러 갔을 때가 떠올랐다. 그날 본 연극 줄거리나 배우들의 연기가 어땠는진 잊었다. 단지 기억나는 건 하나, 내 온몸을 압도했던 암전, 극과 극 사이의 짧은 어둠뿐이다. 밤에도 꼭 불을 켜 놓고 잠들던 그 당시의 내게 갑자기 찾아온 지하 극장 안의 완벽한 어둠은 숨도 못 쉴 정도의 공포였다. 옆을 쳐다봤지만, 선생님도 아이들도 전혀 보이지 않았다. 어둠 속에 꼼짝없이 갇혀 몇십 초가 흐르고 나니 불이 켜지고, 무대는 완전히 바뀌고, 시간은 몇 년, 혹은 몇십 년을 뛰어넘었다. 배우들은 다른 옷으로 갈아입고 완전히 다른 사람이 되었다.

어둠이 없으면 아무도 변신할 수 없을지도 모른다. 엄마도 자신조차 기억하지 못할 어두운 시간을 지나 비로소 엄마가 된 걸까.

*

단정하게 차려입은 담임이 교실로 들어와, 부모들에게 눈인사를 건넸다. 아이들을 가운데 둔 채, 앞자리에 선 담임과 교실 뒤편의 부모들이 마치 대치하고 있는 것처럼 보였다. 왜 이런 행사를 하는지 모르겠다고 불평하면서도 어쩔 수 없이 참석하는 부모들처럼, 언제쯤 이런 게 없어질까 선생님들도 교무실에서 불평을 토로할 것 같았다.

모니터에 나온 글자들을 아이들이 큰 소리로 함께 읽었다.

"기분을 말해 봐!"[*]

담임은 어른 손바닥만 한 빨간 하트 모양 스티커를 나눠 주었다. 스티커가 남자, 교실 뒤편으로 와서 부모들에게도 주었다.

"스티커를 높이 들어 보세요. 이게 뭐 같나요?"

"스티커요."

"하, 스티커 맞긴 한데 네, 우리 마음이에요."

담임은 분필로 칠판에 크게 줄을 긋고, 각 칸 위에 기뻐요, 신나요, 슬퍼요, 화나요, 라고 적었다. 그러곤 아이들에게 앞으로 나와 자기 기분에 스티커를 붙이라고 했다. 나가지 않고, 어디에도 스티커를 붙이지 않는 아이들도 몇 있었다. 아이들 다음엔 부모들 차례였다. 나는 앞으로 나가는 대신 스티커를 주머니에 넣었다.

"기뻐요에 붙인 사람, 손을 들어 보세요. 윤정이가 말해 볼까?"

이름을 불린 아이가 의자를 빼고 일어난 다음 차렷 자세로 서서 또랑또랑한 목소리로 말했다.

"네, 맑으리반 김윤정입니다. 제가 발표해 보겠습니다. 저

---

[*]『기분을 말해 봐!』앤서니 브라운, 웅진주니어, 2011

는 오늘 아주 기쁩니다. 왜냐하면 우리 엄마가 왔기 때문입니다."

연습을 몇 번 거친 익숙한 말투로 아이가 말했다.

"네, 다음. 화나요? 화나요에 붙인 사람?"

아무도 손을 들지 않았다.

"괜찮아요. 말해 보세요. 오늘 화난 사람?"

몇몇이 슬그머니 손을 들었다.

"오늘 아침, 우리 집 화장실 변기가 고장 났어요. 물이 안 내려가요."

발표하는 아이의 엄마가 손으로 입을 가린 채 웃었다.

"신나요, 신나요에 붙인 사람?"

동생이 지목 받았다.

"그냥이요. 오늘 그냥 신나요."

"네, 기분이란 게 그냥 그럴 때가 있지요."

이제 슬퍼요, 차례가 되었다. 슬퍼요에 스티커를 붙인 아이는 두 명이었다. 그러나 담임은 묻지 않았다. 오늘 부모가 오지 않은 아이들도 있으니, 그 아이들에 대한 의도된 배려일 수도 있었다.

"우리는 기분이 어땠는지 말하는 연습을 해 볼 거예요. 기쁨도, 화남도, 슬픔도, 밖으로 꺼내 놓는 거예요. 친구가 화가 났을 때, 슬퍼 보일 때, 말을 걸어 봐요. 옆 사람을 바라보고 말해 볼까요? 기분을 말해 봐. 뒤에 계신 부모님들도 서로 마주 보고 같이 말씀해 보실까요? 기분을 말해 봐."

스무 명이 넘는 아이들과 교실 뒤에 선 부모들이 선생님을 따라 말했다. 옆 사람을 쳐다보면서. 기분을 말해 봐, 아니 말해 보세요, 서로 묻고 웃는 소리가 들렸다.

옆에 선 아줌마가 머뭇거리다 슬며시 내게 물었다.

"부모님 대신 왔니?"

"네."

"기특하네. 기분을 말해 봐."

아줌마는 내 쪽으로 한 걸음 다가오며 말했다.

"……"

아줌마가 다가온 만큼 나는 뒷걸음질 쳤다.

"기분을 말해 봐."

나는 대답 없이 매일 거울을 보고 연습한 웃음을 지었다.

기분을 말해 봐. 엄마가 이혼한단 말을 들었을 때.

기분을 말해 봐. 그게 아빠와 그 여자 때문이란 걸 알았을 때.

기분을 말해 봐. 그 여자 얼굴에서 네 얼굴을 봤을 때.

기분을 말해 봐. 말해 봐. 말해 봐.

　수업이 끝나자, 몇몇 아이들은 쓰레기통에 스티커를 버렸다. 칠판에 기분 스티커를 붙이지 않은 아이들이었다. 말하지 못한 기분들은 어떻게 될까, 아무에게도 자기 기분을 말하지 못하는 사람들은 어떻게 될까. 교실을 나가기 전, 쓰레기통을 한번 쳐다봤다. 여기 오늘 아무 말도 하지 못한 아이들의 기분이 버려졌다. 아니, 아이들은 아무것도 버린 것이 아니다. 나는 기분 스티커를 버리려다 다시 주머니에 넣었다. 기분은 버릴 수 있는 게 아니었다. 이 세상에서 매 순간 느끼는 기분만이 내가 지켜야 할 유일한 것일지도 몰랐다. 입 밖으로 소리 내어 말하는 순간, 그 기분은 부서진다. 닳고 닳아 내가 느낀 것과 다른 것이 된다.
　나는 스티커를 두 번, 세 번, 네 번, 더 이상 접히지 않을 때까지 접었다.

　기분을 누구에게도 말하지 마. 말하지 마. 말하지 마.
　매 순간 느끼는 기분들, 그것만이 진짜 내 거야.
　스스로 다짐하면서.

스티커는 작고 단단한 공처럼 되었다.

*

과학 시간, 우리가 보고 있는 다큐멘터리의 제목은 「완벽한 행성, 지구」다. 완벽한 행성이라니, 지금 이곳이.

탄자니아의 화산 새, 갈라파고스의 갈라파고스이구아나, 엘즈미어섬의 사향소, 고비사막의 쌍봉낙타, 타이만의 에덴 고래. 생존하는 방법이 누구 하나 쉽지 않다. 세상에서 가장 거친 바다라는 포틀랜드섬, 바위뛰기펭귄이 절벽에서 뛰어내려 먹이를 구하고, 다시 그 높은 절벽을 거친 파도를 타고 올라오는 장면이 펼쳐질 때, 아이들 절반은 책상에 엎어져 자고 있다. 완벽한 행성이라는 이 지구에서. 동생이 지금 교실 안의 우리를 본다면 얼마나 어이없어할까.

— 누나, 지구가 커? 금성이 더 커? 지구랑 제일 비슷한 행성은 어디야?

원이가 어젯밤에 물었다.

— ……관심 없어.

나는 요즘 거울 속의 나 자신에게도 관심이 없었다.

— 아니, 어떻게 관심이 없어?"

어떻게 지구에 관심이 없을 수 있는지, 우주를 알고 싶어 하지 않는지, 아홉 살은 이해하지 못한다. 구구단도 못 외우는 주제에. 우주에 대해 관심을 갖던 어린이들이 자라나 어른이 되면, 관심의 영역이 점점 작아지는 걸까. 지금 책상에 엎드려 모자란 잠을 보충하고 있는 우리에게도 우주와 지구가 너무 궁금했던 어린 시절이 있었을까.

이제 화면엔 우주 탐사선 보이저 1호가 태양계를 빠져나가는 순간에 찍은 지구가 보였다.

엄마 아빠는 이십 년이란 긴 시간을 함께 보냈지만, 결국 찰나의 순간을 보낸 것뿐이다. 이 세상에 살았던 사람들, 사라져 간 사람들은 모두 어둠에 둘러싸인 외로운 먼지 하나일 뿐이라던데. 나도 예리도 윤성이도 엄마도 아빠도 아줌마도 그저 우주의 어둠 속을 떠도는 먼지일 뿐이라고. 그런데 무슨 먼지가 이렇게 무거워? 혼자서 감당하기 힘들 만큼. 무너져 내릴 만큼. 먼지 주제에, 고작 먼지일 뿐이면서.

개학 후에도 나는 예리를 피해 다녔다. 다인이가 내게 한 것과는 다른 방식으로. 절교 문자조차 없이 예리가 보내는 문자나 톡에 답하지 않았다. 내가 피하는 이유를 나름대로 짐작하겠지. 틀렸어, 그건 틀렸어. 하지만 네 마음대로 생각해.

처음 만났을 때 예리가 그랬던 것처럼 나는 이제 아무것도 하고 싶지 않고, 할 수도 없었다. 전원이 꺼진 것처럼 완벽한 무기력, 무기력증. 내 상태에 이름을 붙일 수 있다면, 바로 이 정도겠지. 그래, 완벽이란 말은 여기에나 어울린다. 지구 따위가 아니라.

*

이명희 선생님은 아무래도 다음부터 초등부를 맡는 게 나을 것 같다. 오늘은 '나무에게 말하기'를 연습하겠단다.

"아무한테도 할 수 없는 말이 있어요. 자꾸 그런 말들이 생겨요. 사람한테 할 수 없는 말은 나무에게 하세요."

"아, 무슨 나무하고 말을 해요?"

"할 말 없어요."

아이들이 몸을 비틀며 말했다.

"영어로 해도 돼요?"

칼단발 여자애가 물었다. 늘 붙어 다니는 친구들이 또 무리수 둔다며 등을 치며 웃었다. 저 애들은 항상 뭐가 그리 즐거울까.

"하지 마! 간지러워. 너네 간지럼 타는 나무 있는 거 알아?"

"뻥치지 마."

"진짜야. 선생님, 진짜죠?"

"응. 진짜야."

"말도 안 돼."

"맞아요. 있어요. 배롱나무라고 있는데, 줄기 가운데 하얀 무늬를 손톱으로 긁으면 나무 전체가 움직여서 간지럼 타는 것처럼 보여요. 그래서 간지럼 나무라고도 해요."

"그러니까 진짜는 아닌 거죠."

우리는 흩어져서 3월에 이름표를 붙였던 나무 앞에 섰다. 늘 같이 다니던 여자애들도 처음으로 떨어졌다. 저만치 떨어진 곳에 윤성이와 예리의 뒷모습이 보였다.

— 어릴 때, 내 꿈이 고아가 되는 거였어. 그래서 초등학교 4학년 땐가, 장래 희망란에 고아라고 적었는데 엄마가 학교에 불려 오고, 매주 특별 상담을 받아야 했어.

윤성이가 했던 말이 떠올랐다.

바라지 않아도 저절로 그렇게 된다. 우린 다 고아가 된다. 여기 이 나무들처럼.

바닥에 수북이 떨어진 나뭇잎들이 며칠 전 동생의 수업에서 받은 기분 스티커 같았다. 나무는 제 기분을 말하지 않고,

말하지 않고, 말하지 않다가 때가 되면 바람결에 조용히 날아간다.

주머니 속에서 작은 공처럼 말린 스티커를 꺼내 나뭇잎들 사이에 올려놓았다.

잠시 후 나뭇잎 몇 개가 떨어져 아무에게도 말하지 못한 내 기분들을 덮어 주었다.

9
그건 뭐였을까?

 아빠는 이제 엄마가 없을 때만 집에 들어온다. 둘 사이의 암묵적인 룰 같은 건가 보다. 서로 마주치지 않기. 매일 밤 헤어지기 싫어, 같이 있고 싶어 결혼을 선택한 두 사람이 이제 서로 잠깐이라도 마주치길 꺼린다니, 좀 웃기는 일이다.

 다음 달이면 우린 이사 가고, 아빤 무슨 섬으로 내려간다. 새 직장이 집과는 거리가 멀어 고민하는 엄마에게 이사를 권한 건 나였다. 엄만 우리가 전학 가는 게 마음에 걸린다며 망설였지만, 내가 괜찮다며 밀어붙였다. 곳곳에 아빠와 아줌마와의 기억과 흔적이 남은 이 집과 동네를 떠나는 게 엄마한테 필요할 것 같았다. 회사에도 소문이 난 것일까. 아빠와 아줌마, 둘 중 한 명이 회사를 그만두어야 해서 아빠가 그만두기로 했다. 어른들의 세계 역시, 고등학교와 별로 다르지 않은 모양이다.

아빠는 캐리어에 필요한 옷가지를 챙겼다. 백화점 의류 매장에 온 것처럼 아빠는 옷을 반듯하게 잘 갰다. 칼각을 사랑하고, 정리 정돈을 잘하는 아빠. 분류를 잘하고 혼동하지 않는 아빠. 하지만 그럼 뭐 해. 뭐 하겠어.

"우리가 따로 살게 돼도 변하는 건 없어."

짐을 다 챙긴 아빠가 말했다.

"모든 건 변한다고, 그랬잖아."

학교에서 배운 건 다 잊어도 이거 하나만 알면 된다며? 모든 건 변해. 몇 년 전의 아빠가 말했잖아.

"내가 그런 말을 했나?"

그런 말만 했어? 독방이 좋다며, 외로운 건 사람이 누릴 수 있는 최고의 사치라며? 결혼 생활이 종신형을 선고받은 감옥살이 같았대도, 독방에서 썩었어야지. 늙어 죽을 때까지! 자기가 한 말을 지켰어야지.

"그래. 모든 게 변하지, 변하겠지. 안 변하는 게 어디 있냐. 그게 당연한 줄 알았는데, 근데 아닌 게 하나 있더라."

지금 하려는 말, 모든 게 변해도 달라지지 않는 것 하나가 무엇인지 나는 알 것 같지만, 별로 듣고 싶진 않다. 아빠는 지금 모든 건 변하지만, 모든 사람과의 관계는 달라지지만, 나와 동생에 대한 사랑만은 예외라는 걸 증명해야 하는 곤란에 처했다. 어떻게 그걸 증명할래?

"말이 안 되는 것 같지. 나도 몰랐어. 너도 나중에 알게 될 거야."

글쎄. 결혼할 때도 같은 생각, 같은 말을 했겠지. 세상 모든 것이 변해도 이 마음만은 변하지 않을 거라고. 어쨌든 아빠 지금 너희까지 배신한 건 아니라고, 그런 말을 하고 싶겠지.

"편지 쓸게."

"웬 편지?"

"거기 인터넷이 잘 안 된대. 너 요즘 손 편지 받아 본 적 없지?"

잠깐 쓸쓸해 보였는데 잘못 보았다. 아빠는 섬으로 떠날 생각에 들떠 있다. 처음으로 캠핑을 떠나는 소년 같기도 하다. 휴대폰이 안 터지는 섬에서 낚시를 하면서 즐겁게 지낼 것 같다. 드라마나 영화를 보면, 바람 피운 사람은 응징을 당한다. 그런데 일 년쯤 섬에서 혼자 좋아하는 낚시를 실컷 하면서 살아가는 건 절대 벌이 아니겠지. 역시 현실은 드라마와 다르다.

예전에 낚시를 좋아하는 아빠를 몇 번 따라간 적이 있다. 나는 지렁이를 미끼로 끼우는 것부터 싫었다. 몇 시간 동안 꼼짝없이 앉아 있는 것도. 낚시는 인생을 낭비하는 제일 바보 같은 방법 같았다. 저마다 어리석은 방법으로 어차피 인생은 낭비되겠지만.

— 이딴 걸 왜 하는 거야?

— 지루하지?

나는 한 시간쯤 꼼짝없이 옆에 앉아 있다 또 물었다.

— 지금 뭘 하는 거야?

— 기다리는 거야.

— 뭘? 물고기가 뭐라고 이렇게 기다려?

— 그냥 계속 기다리는 거야.

— 어차피 놔줄 거면서.

아빠는 회도, 익힌 생선도 좋아하지 않기 때문에 어렵게 잡은 물고기를 다 놔주었다.

— 물고기를 기다리는 게 아냐. 찌가 떨리는 순간이 있어. 그 떨림이 손끝을 타고 온몸으로 전해질 때가 있거든. 암튼 버티고 버티다 보면 그런 때도 와. 근데 또 꼭 그걸 기다리는 건 아니고.

— 그것도 아니고?

― 아니고.

― 그냥 멍 때리기? 시간을 때우면서?

― 꼭 그런 건 아니고.

아니고, 아니고, 꼭 그런 건 아니라고 했었다.

아빠는 시간이 아직 남았다며 티비를 틀더니, 금세 빠져들었다. 재밌어? 지금 이게 눈에 들어와? 나는 티비를 보는 아빠의 옆얼굴을 바라봤다. 사람들은 내가 아빠를 많이 닮았다고 한다. 얼굴이 닮으면 성격이나 기질도 비슷한 걸까. 결국 자기만 생각하는 지독한 이기주의자. 우리는 같은 종류의 피가 흐르는 걸까.

왜 그랬어? 잠깐 꿈을 꾸고 싶었어? 다시 한번 떨림을 느끼고 싶었어? 설레고 싶었어? 다시 젊어지고 싶었어?

내가 지금 아빠에게 묻는다면, 아빠는 또 그때 낚시터에서처럼 대답할 것 같다. 그건 아니고, 그건 아니고, 꼭 그런 건 아닌데.

아빠와 아줌마가 함께했을 어떤 낮, 어떤 비 오는 밤에 대해 생각했다. 두 사람도 침묵 속에서 같이 빗소리를 들었을까? 두 사람이 서로를 바라봤을 때, 아빠도 아줌마도 눈앞이 캄캄했을까. 세상의 그 모든 눈들을 피해 두 사람은 어떻게 만난 것일까. 다른 누구도 생각할 겨를 없던, 오직 나만 생각하며 붙잡고 싶었던 아주 짧은 찰나.

그건 뭐였어? 아빠? 그건 뭐였을까?

누구보다 행복한 짧은 순간이 있었다. 남 생각할 겨를 없
이 아주 짧은. 그리고 이후 긴 고통의 시간이 이어졌다. 아빤
좋은 사람이 되려고 애쓰지 말고 행복한 사람이 되라고 했는
데 난 둘 다 되지 못했다.

"아, 저런 데야."

이리저리 채널을 돌리던 아빠가 티비 속에 나오는 무인도
를 보며 말했다. 티비에서는 연예인들이 나와 전기 없이 사
는 생활을 실험하고 있었다. 전기가 없으면 티비도 못 보는
건데, 이런 건 누가 기획했을까.

"급한 연락은 무전기로 한대."

아빠는 이제 휴대폰으로 무전기를 검색하고 있었다.

"원이랑 거기서 무전놀이 하면 재밌겠다. 방학 때 놀러
와."

나는 섬에서 무전기를 들고 점점 더 멀리 가는 동생과 아
빠의 모습을 잠시 상상했다.

"같이 가도 돼? 다인이랑?"

아빠는 웃는 건지, 찡그린 건지 알 수 없는 얼굴이 되었다. 넌 참 날 곤란하게 하는구나. 그래, 그게 네 주특기지, 하는 표정이다. 하지만 아빠가 먼저 날 아주 곤란하게 만들었어요.

"원일 못 보고 가네. 보고 싶을 거야."

대답 없이 화제를 돌리던 아빠는 현관문을 열며 말했다.

"누구? 아줌마?"

아빠의 눈빛이 흔들렸다. 결국 말해 버렸다. 아빠가 끝까지 숨기려 하는 그것, 난 이미 알고 있어. 내가 알고 있다는 걸 아빠도 알아야 해. 아빠는 십 년쯤 지나, 그 여자 이름도 잊을지 몰라. 그럼 그때 내가 가르쳐 줄게. 저녁 먹다가 아빠, 다인이 기억나? 왜 우리 어릴 때 같이 붙어 다니던. 아줌마가 우리 엄마를 언니라고 부르면서 집에도 자주 놀러 왔잖아. 아줌마랑 요즘 연락 안 해? 왜 안 해?

"원이도 아니?"

"제일 먼저 알았는데."

아저씨, 아홉 살한테 들킬 실력으로 무슨 연애질이세요? 어쩌면, 그 정도로 감추기 어려웠던 것일 수도 있겠지. 앞뒤 분간 못할 만큼. 적당히 좀 하지 그랬어? 그랬으면 이렇겐 안 됐을 텐데. 하지만 적당한 사랑이라니. 그런 게 세상에 있긴 할까. 그때는 행복했어? 행복했어야 해. 꼭 그랬길 바라.

"네가 생각하는 거랑 달라."

한참 말이 없던 아빠는 겨우 이렇게 말했다.

"내가 뭘 생각하는데?"

"그게 뭐든, 네 짐작과는 달라. 엄마가 무슨 말을 했든. 달라, 다를 거야. 궁금한 거 있니?"

그 나이가 돼도 떨리는 순간이 있어? 설렘이 있어?

그 나이가 돼도 뭐라고 불러야 할지 알 수 없는 마음이 있어? 아니, 다른 사람들이 다 그걸 뭐라 부르는진 알지만, 죽어도 그렇게 말하고 싶지 않은 순간이 있어?

그 나이가 돼도 누군가 너무 보고 싶을 때가 있어?

보고 싶은데 만날 수 없어서 죽을 것 같은 마음이 있어?

궁금해도 묻지 않을 거다.

있다고 해도 없다고 해도 슬플 것 같으니까.

아빠는 떠나기 전, 마지막으로 뭔가 재밌는 말을 생각하고 있을지 모른다. 기억에 남을 만한 것, 이 상황을 반전시켜 딸을 마지막으로 웃게 만들 만한 것. 그러나 아빠는 성공하지 못할 거다.

"웃지 못할 상황이란 없다."

어떤 심각한 상황에서도 유머로 빠져나가려는 생각이야
말로 아빠가 평생 써먹은 생존의 기술, 도피법이겠지. 그런
데 아빠, 아빠는 지금 도망가는 거야.

그런데 아빠, 웃지 못할 상황도 있는 거야.

항상 유머로 모든 걸 해결할 순 없어.

*

"너 이제 이사 가면 드론 누나 다시 못 만나는데 괜찮아?"

나는 원이에게 물었다.

몇 달 전, 놀이터에서 동생이 과자를 먹고 있을 때 두세 살
더 많아 보이는 여자아이가 다가온 일이 있었다.

― 나랑 이거 갖고 놀래?

여자아이는 드론을 들고 있었다. 원이 먹고 있던 과자를
떨어뜨리고 자리에서 뛰쳐나갔다. 여자아이는 리모컨을 쥐
여 주며 작동 방법을 알려 주었다. 아니 아니, 그렇게 말고.
손을 같이 잡고 리모컨을 조종시켰다. 바닥으로 추락할 듯
보였던 드론이 아슬아슬하게 비행을 계속했다. 둘은 목이 꺾
일 정도로, 계속 하늘을 쳐다보며 놀이터를 뛰어다녔다. 한
시간쯤 지나 여자아이의 아빠가 왔다. 안녕. 담에 또 만나.

여자아이가 가 버린 뒤에도 원인 그 애가 사라진 쪽을 계속 쳐다보고 있었다.

— 나중에 드론 사러 가자.

— 아니, 드론 말고.

드론 때문이 아니라니. 당연히 드론 때문일 거라 생각했던 나는 멍해졌다. 동생은 집으로 돌아가는 길에도 다른 아파트 단지를 두리번거렸다. 그 후로도 매일 놀이터에 나갔고, 여자아이가 사라진 쪽을 한동안 멍하니 바라보곤 했다.

"이제 못 만나?"

"응."

"계속 못 만나? 영원히?"

"아니, 그건 아니고. 어쩌다 만날 수 있을지 모르는데, 아무튼 만날 확률이 아주 낮아진단 소리야. 그리고 나중에 만나면 아마 못 알아볼걸."

"확률이 뭔데?"

"확률이 뭐냐면……."

그때의 기억을 떠올리며 이사 안 간다고 자기 혼자 여기 남겠다고, 계속 떼쓰면 어쩌지 싶었다.

"누나, 사랑을 했으면 그걸로 된 거야."

엄마는 말했다. 아이들은 어른들을 놀라게 하려고 이 세상

에 왔다고. 더 이상 놀랄 일이 없고 감탄할 일이 없을 즈음,
자신을 닮은 아이가 태어난다고.

"누나, 이 노래 몰라? 사랑을 했다. 음음음. 머머머머. 그
거면 됐다."

동생은 노래를 흥얼거렸다.

*

일요일 오후 늦게 잠에서 깼을 때 세상이 어쩐지 여느 때
보다 고요한 것처럼 느껴졌다. 창밖을 보니, 눈이 내리고 있
었다. 놀이터엔 엘사 드레스를 입은 여자애들 여럿이 뛰어나
와 「렛 잇 고」 노래를 부르고 있었다. 눈오리를 만들고 있는
동생의 모습도 보였다.

"누나, 그때도 눈이 많이 왔어. 오늘처럼."

"언제?"

"산타절 전날!"

아빠의 그 모습을 목격한 날. 온세상을 뒤덮을 것처럼 눈
이 내리던 그날이었다.

"그날 엄마랑 누나는 사람 많은 데 가기 싫다고 했잖아. 백
화점에 우리만 갔어. 나 그날 산타 만났어. 백화점 1층에서."

엄마와 내가 가지 못하는 곳들이 있다. 크리스마스이브나 명절 전의 백화점, 12월 31일의 종로. 제 발로 걷는 게 아니라, 뒷사람에게 떠밀려 다녀야 하는. 아빠와 아줌마는 다르다. 사람이 많다 해도, 거기 내가 원하는 게 있다면 개의치 않는다. 맛집 목록을 공유하고, 맛있는 냉면을 먹기 위해서라면 한 시간 기다리는 것도 불사하는 사람들. 냉면에 대해 하루 종일 토론이 가능한 부류들. 그러니까 아빠는 엄마보다 아줌마와 더 잘 어울리는 게 아닐까. 원래 아빠가 만나야 했던 사람은, 결혼해야 했던 사람은 엄마가 아니라 아줌마가 아닐까. 만약 그랬다면, 나와 동생은 이 세상에 없겠지. 다인이도 없고. 다른 아이들이 이 세상에 태어났겠지.

"아빠 차가 안 움직여서 나랑 다인 누나랑 같이 내려서 밀어 줬어……."

"그랬구나."

"근데 우리 둘만으론 힘들었어. 아줌마도 내려서 같이 차를 밀었어."

"그랬구나."

"셋이서 차를 밀었어. 내가 넘어져서, 다인 누나가 날 잡아 줬어. 근데 다음엔 아줌마가 미끄러져서 넘어졌어. 누나가 아줌마 잡다 넘어졌어. 줄줄이 줄줄이 넘어졌어. 그거 보고 아빠가 막 웃었어."

"그랬구나."

"횡단보도도 안 보이고, 앞도 안 보였어."

끝없이 내리는 눈이 모든 선과 길들을 지워 버린 날, 그날.

"누나 그거 알아?"

"응?"

"어떤 날은 차보다 걷는 게 빨라."

그래서 차에서 내려 걷기 시작했지만 얼마 못 가 포기하고, 아무 편의점에 들어가 컵라면을 먹었다고 했다.

"그날 먹은 컵라면이 제일 맛있었어."

동생이 그날 목격한 일을 말할까 봐 마음을 졸였는데, 다행히 그 사건에 대해선 말하지 않았다. 놀이터에서 눈오리를 수백 마리쯤 만들다 싫증이 났는지 공원으로 가자고 했다.

공원에는 무릎이 파묻힐 만큼 눈이 쌓여 있었다. 초등학교 5, 6학년쯤으로 보이는 여자애들이 더없이 진지한 얼굴로 이글루를 만들고 있었다. 이글루라니. 어떻게 이런 걸 만들 생각을 했을까. 동생은 완전히 홀린 표정으로 누나들을 바라봤다. 같이 만들고 싶은데, 차마 말이 안 나와서 내 허리춤을 잡고 있었다.

"얘도 같이 하면 안 될까?"

여자애들이 서로 쳐다보다 쿨하게 끼워 줬다. 이글루 만드는 과정은 철저하게 분업화되어 있었다. 어디서 가져왔는지 삽을 든 여자애가 눈을 푸면서 동생에게 설명했다.

"흙이 섞인 눈은 안 돼. 빨리 녹거든."

딱 벽돌 크기의 반찬통들에 눈을 담고 물을 부어 꽉꽉 누른 다음, 그 위에 또 눈을 담고 위에 물을 붓는 작업을 반복했다.

"눈과 물이 일대일이 되게 해."

한 아이가 통 위로 넘치는 눈을 손으로 쓸어내리고 바닥에 쳐서 단단하게 뭉쳤다. 그다음에 통을 거꾸로 바닥에 내리치면, 눈벽돌이 나왔다. 다른 아이는 넘겨받은 눈벽돌을 벽이 무너지지 않게 조심하며 약간 기울어지게 하나씩 쌓았다. 원인 만든 눈벽돌을 옮기는 일을 했다. 꽤 무거울 텐데 힘든 기색을 하지 않았다. 그렇게 만들어진 눈벽돌로 쌓아 올린 게 벌써 세 단째였다. 돔형태라 한 층씩 올라갈 때마다 벽돌의 양이 줄어들지만, 그래도 여전히 쌓아야 할 층수는 많이 남아 있었다.

칼바람에 귀가 아렸다. 엄마가 오늘 밖에 나가지 말랬는데, 동생은 내복도 안 입었는데 감기 들면 어쩌지 싶었다. 하지만 동생과 아이들은 추위 따위 신경 쓰지 않고, 눈벽돌 생산

속도를 늦추지도 않았다. 허리도 제대로 펴지 않고, 이제 말을 나누는 것조차 지쳤는지, 강제 노역에 동원된 노예들처럼 일만 했다. 이제 거의 완성되어 가는데 날이 저물기 시작했다. 한 여자애는 아까부터 전화에 대고, 엄마, 조금만 있다가, 조금만이라고 사정했다. 이렇게까지 시간이 오래 걸릴 줄은 아무도 예상하지 못한 듯했다.

"내일 다시 모여 만들까?"

전화를 계속 받던 아이가 조심스럽게 제안했다. 아이들은 하던 일을 멈추고, 미완성의 이글루를 둘러싼 채 서 있었다.

"다 녹을 거야. 날씨 따듯해지면."

"그럼 어떻게 해?"

"부수자!"

토끼 모자를 쓴 여자애가 고심 끝에 큰 결단을 내린 듯 말했다. 누구 하나, 그러지 말자고 하지 않았다. 아이들은 좋아, 좋아, 부숴 버리자, 큰 소리로 말했다. 결국 내일 햇살에 녹는 것보다 제 손으로 허물기를 선택했다. 아이들은 다 같이 이글루를 에워싸고 하나 둘 셋 외치면서 동시에 발로 힘차게 차서 무너뜨렸다. 이글루가 무너지자 마치 이제껏 이걸 부수기 위해 만들었다는 듯, 신나서 팔짝 뛰기까지 했다. 아이들에겐 무엇이든 만들거나 부수는 일이 별로 다르지 않은 것 같았다.

아이들이 흩어지자, 원인 내 쪽으로 왔다. 몇 시간의 막노동을 마친 어린이는 이제 또, 뭘 하지? 하는 얼굴이 되었다.

"아!"

또 금세 재밌는 걸 찾아냈다. 누가 놓고 간 삽으로 나뭇가지를 흔들어 쌓였던 눈들이 내 쪽으로 쏟아지게 했다. 나는 나무 밑에서 눈폭탄을 맞으며 한참 서 있었다.

옷이 다 젖은 채 집 앞의 목련나무를 지나치는데, 원이가 물었다.

"누나, 만약에 어느 날 아침 눈을 떴는데 엄마 아빠도 죽고, 나도 죽고, 온 세상 사람 다 죽었어. 지구에 누나 혼자 남았어. 그럼 누나는 어떻게 할 거야?"

동생이 이제껏 물어 본 '만약에' 중 제일 무서운 이야기였다.

"너는 어떻게 할 건데?"

"나는 막 울 거야. 근데 딱 백 일만 울 거야."

"백 일만?"

"응. 나라도 살아야지. 그리고 집을 나갈 거야. 사람이 관리 안 하면 건물은 몇십 년 안에 무너진대. 나는 숲으로 갈 거야. 숲에서 개 한 마리를 키우면서 살 거야."

엄마 아빠가 죽으면 세상 끝까지 가 볼 거라더니 이젠 부모 없이 가족 없이 그 누구도 없이, 혼자라도 살겠다는 아홉 살 동생의 대답이 놀라웠다. 나도 아직 그럴 자신은 없는데, 언젠가 너도 지구에 혼자 남겨진 것 같은 기분을 느끼게 되는 날이 오겠지. 가족이 있고, 친구가 있고, 사람들이 있어도, 단 한 사람이 없어서 온 세상이 텅 빈 것 같은 기분을 느끼게 되는 날이.

"누나, 야옹이 아저씨 아직도 좋아?"

"응? 응."

언젠가 같이 만화 『보노보노』를 보다 야옹이 아저씨 멋있다고 한 말을 동생은 아직도 기억하고 있었다.

"만약 야옹이 아저씨가 텔레비전 밖으로 나오면 어쩔 거야?"

"밖으로?"

"당신을 만나려고 밖으로 나왔어요. 이렇게 말하면? 사랑을 하려면 밖으로 나와야 하잖아."

빗소리를 쓰던 밤, 쓸 수 없는 것을 쓰려고 했던 밤. 어쩌면 정말 내일 죽을 수도 있다고 생각했던 밤. 나는 나라는 사람 밖으로 나갔다. 어떻게 한 건진 모르지만, 그때 난 산책로에서 내 방 창문을 바라볼 때처럼 멀리서 나를 지켜보고 있었다. 난 나로부터 달아나 다른 사람이 될 수 있을 것 같았는데, 나보다 한참 더 큰 어떤 존재가 될 수 있을 것 같았는데. 삶은 끝나지 않았고, 나는 다시 작은 나로 돌아왔다.

"근데 당신은 야옹이잖아요."

"만약 야옹이 아저씨가 사람으로 변신한다면, 사람이 된다면? 그럼 사랑할 거야?"

"생각해 볼게."

"참, 너무하시네. 당신 때문에 밖으로 나왔는데. 변신까지 했는데. 그럼 난 다시 들어갑니다. 이제 들어가면 다신 밖으로 못 나와요."

동생은 가상의 벽을 뚫고, 안으로 들어가려는 듯 팔을 뻗었다.

"잠깐만요!"

나는 허공 속으로 사라지려는 팔을 잡았다.

*

나무고아원 정문은 굳게 닫혀 있었다. 문틈 사이로 안쪽을 들여다봐도 아이들의 모습은 보이지 않았다. 주변을 둘러봐도 나 혼자뿐이었다. 어쩔 수 없이 휴대폰의 알람을 켜야 했다. 며칠 전부터 폰을 '방해 금지 모드'로 설정하고 모든 전화, 문자, 카톡 알림이 울리지 않게 했다. 세상의 그 어떤 새로운 소식이나 연락도 나는 더 이상 궁금하지 않았다. 알고 싶지 않았다.

— 폭설로 12월 나무고아원 숲지킴이 활동을 취소합니다.

공지가 와 있었다. 마지막 숲지킴이 활동은 이렇게 취소되었다.

닫힌 걸 알면서도 정문을 괜히 한번 밀어 봤다. 문은 소름 끼칠 정도로 차갑기만 했다. 모든 연락을 차단하고, 알려 하지 않은 건 난데, 꿈쩍 않고 닫힌 문이 너무하다는 생각이 들었다.

너마저 이래야겠니? 마지막인데?

얼어붙은 문을 주먹으로 쳤다. 당연히 내 손만 아플 뿐이었다.

"여기서 뭐 해?"

뒤돌아보지 않아도 누가 왔는지 알 수 있었다.

"취소된 거 몰랐어?"

두 달 만에 듣는 목소리였다.

"알아."

"근데 왜 왔어?"

"……."

내가 만약 취소 공지를 봤더라면 여기 오지 않았을까, 생각해 봤는데 그래도 왔을 것 같았다.

"넌 왜 왔어?"

"……문이 하나 닫히면, 다른 문이 열린대."

윤성이가 대답 대신 딴소릴 했다.

"어디에나 개구멍은 있다, 꼭 정문이 아니어도 된다고."

어쨌든 안으로 들어가는 방법을 아는 모양이었다. 윤성이의 말대로 정문 왼편으로 죽 가다 보니 쓰레기봉투를 쌓아 놓은 곳 뒤로 작은 문이 있었다.

"카페 그냥 없어졌던데?"

어느 날 고개를 돌렸을 때, 3층 맨 끝에 보여야 할 간판이 보이지 않았다.

"응. 한 달 됐나?"

윤성이가 덤덤하게 대답했다.

"그렇구나."

문이 하나 닫히면 다른 문이 열린다. 한 친구와 멀어지면 다른 친구를 만나게 된다. 한 사람과 헤어지면, 다른 사람이 나타난다. 그냥이 망하면, 다른 카페에 가면 된다.

양버즘나무 밑 흙바닥에는 며칠째 내린 눈이 쌓여 있었다.

작은 공처럼 접힌 스티커는 저 눈더미 속으로 묻혔을 것만
같다.

"종이는 썩는 거 맞지?"

발로 나무 밑에 쌓인 눈을 꾹꾹 다지며 내가 물었다.

"돈 묻어 뒀냐? 그거 찾으러 왔어?"

"……."

"썩겠지. 오래 걸려서 그렇지."

"오래?"

"그냥 종이는 몇 달. 우유 팩 같은 건 오 년인가?"

오 년이라니. 스티커는 그냥 종이보단 우유 팩 쪽에 가깝
겠지.

"『회색인』 다 읽었어. 어제."

"책이랑 안 친하다며?"

"그래. 형이 제목을 흘깃 보더니, 넌 이거 끝까지 절대 못
읽을걸, 그랬거든. 그 말 때문에 끝까지 읽었어."

넌 절대 못 할 거야.

그런 말 때문에 어떤 사람들은 끝까지 해내기도 한다.

어느새 눈발이 다시 흩날리기 시작했다. 나무들은 일정한
간격으로 떨어진 채 눈을 맞고 있었다. 눈의 결정에는 많은

빈틈이 있어서 매트리스처럼 소음을 흡수한다고 했었나. 그래서 눈 오는 날이 유독 고요하게 느껴지는 거라고. 속마음을 말하지 않는 사람들은 마음속에 많은 빈틈을 숨겨 놓고 있겠지.

"내년에도 할 거지?"

산책로를 걸어 나오면서 윤성이가 물었다. 우리 사이에 아무 일도 없었다는 듯 무심한 얼굴로 내년에도 숲지킴이 활동을 할 거냐고 묻고 있었다.

"내가 뭘 지키겠어."

"지키긴 뭘 지켜? 첫날, 샘이 그랬잖아."

난 내년에 여기 없을 거라는 말은 하지 않았다.

나무고아원에서의 첫날, 이명희 선생님은 말했다.

숲은 우리가 못 지켜도 이곳에서 매일매일의 날씨를 느껴 보자고, 계절이 어떻게 변하는지 느껴 보자고.

나는 그날그날의 날씨는 느꼈지만, 계절이 어떻게 변하는지는 아직 모른다. 지금 눈앞에는 눈이 내리고 여느 때보다 주변은 고요한데, 나는 여전히 그날의 빗소리를 듣고 있다. 이제 여긴 내가 없고, 내가 가는 곳엔 네가 없을 텐데. 그런데 참 이상하지? 다시 널 만날 것만 같은 기분이 들어.

다인이의 말처럼 졸업 후에 이 나라를 떠서, 나를 닮은 모든 것에서 멀리멀리 도망쳐서 미로 같은 베니스 골목들을 헤맬 때, 뒤에서 들리는 목소리를 나는 단번에 알아볼 것 같다.

여기서 뭐 해.

그곳에서 우린 또 한 번의 빗소리를 듣게 될 것 같다.

작가의 말

딱히 갈 데가 없어 매일 도서관에 다니던 때가 있었습니다. 도서관의 책들에 둘러싸여 있으면 자주 이런 생각이 들었습니다.

'세상의 모든 이야기는 이미 다 쓰였어. 지금 내가 떠올리는 생각과 문장이 정말 내 것일까? 이 책들 중 하나와 똑 닮아 있을지도 몰라. 그러니 뭔가 쓰려고 애쓰다 인생을 낭비하지 말고, 한 장이라도 더 읽는 게 나을걸.'

누군가가 쓴 이야기와 비슷한 걸 쓰게 될까 봐, 첫 문장을 쓰지 못하고 주저하며 글쓰기로부터 도망쳤습니다. 그러나 아예 손을 놓진 못해서 어떤 날은 새 문서 첫 장에 '아직 쓰이지 않은 이야기가 있다. 쓰이길 기다리는 이야기가 있다.'를 수십 번 되풀이해 쓰기도 했습니다.

뒤늦게 저는 이 소설 속 영이처럼 아무 생각 없이, 망설임이나 두려움 없이 '그냥' 써야 했다는 생각이 듭니다.

늘 쉽게 답할 수 없는 질문을 하는 아이가 몇 년 전, 제게 물었습니다.

"엄마, 한번 늙은 사람은 다시 젊어질 수 없어?"

없을 거라고 대답해 놓곤, 그럴 수 있으면 좋겠다고 생각하다 이 소설을 쓰기 시작했습니다. 쓰는 동안 열일곱 살의 삶을 한 번 더 사는 것 같았습니다. 그때 느꼈던 설렘과 기쁨, 불안과 절망, 분노와 슬픔이 어딘가로 사라진 게 아니라, 제 안에 여전히 있다는 것을 알게 되었습니다.

아주 오래전, 글쓰기에 필요한 건 재능이 아니라 욕망이라고 말씀해 주신 황지우 선생님, 나이 많은 학생을 맞은 난처함이 느껴져 수업 시간 눈 마주치는 게 부끄러웠던, 여전히 문학소녀소년들 같은 서사창작과 선생님들, 한동안 고립 생활을 자처하던 저를 다시 세상 속으로 끌어내 준 '근근과일', 일 년에 한 번 낙엽 질 때 만나기로 해 놓곤 자주 보는 '만추' 친구들, 언젠가 내 책이 나오면 자기 첫 책이 나올 때만큼 기쁠 거라고 한 인이, 이런 이야기도 청소년소설이라고 할 수 있을까, 고민하던 제게 용기를 주신 김지은 선생님, 구병모 작가님, 100인의 청소년 독자님들, 만남이 행운인 장은혜 편집자님, 그리고 이제는 아저씨가 된 소년 시정과 그를 닮은 또 다른 소년 지상이에게 고맙습니다.

안나

청소년 심사위원단의 심사평 중에서

일요일 아침의 분위기를 가진 소설이었다. 윤성의 관점으로 소설의 화자를 바꾸어서 읽어도 재미있을 것 같다.
-부산경일중학교 2학년 김나연

그냥, 전 짧고 간결한 문장들로 독자들을 끌어들이는 매력이 있는 이 책 그대로의 모습이 좋습니다.
-정신여자중학교 1학년 박민아

이 책은 쉽게 정의할 수 없는 복잡한 감정과 인간관계 속의 모순을 다루며 독자들이 여러 생각과 공감을 하게 해 줍니다.
-오마중학교 1학년 박선유

주인공은 우리에게 말한다. 누구도 그 감정들이 옳지 않다고 너를 탓할 수는 없다고. 그러니 힘내라고. 꿋꿋이 살라고. 비바람이 지나가고 난 어느 날, 문득 깨달을 테니까. 그때 그 감정들이 있었기에 이렇게 성장할 수 있었다고.
-울산외솔중학교 1학년 박소이

서로 얽히고설킨 등장인물들의 관계를 어느 하나 빠짐없이 모두 잘 표현한 작품.
-밀양여자중학교 1학년 박시영

축축하고 차가운 비를 맞으며 영은 무슨 생각을 했을까. 이 책은 평소에 있었던 당연한 일들을 상기시키는 동시에, 그 당연했던 일과 말과 행동이 얼마나 소중하고 중요한 것인지를 알려 준다.
-일신중학교 2학년 송하윤

고뇌는 있지만 해답은 없는 이 시대의 청소년들에게 혼란은 이상한 게 아니라고, 우리 모두가 실은 혼란스럽고 완벽하지 않으며 외롭고 슬프다고, 자연스러운 위로를 건네는 책이다.
–제주여자중학교 2학년 오사랑

사춘기를 겪고 있는 아이들 속에 떠도는 감정들을 표현한 것들이 모두 아름다웠고 사실적이었기에 인상 깊었다.
–현일중학교 1학년 이민아

여느 소설과 같이 교훈을 줄 줄 알았던 이 소설은 나에게 위로를 주었다. 설레기도 하고 충격을 받기도 하면서 몰입했다는 느낌을 어느 순간 받았다. 빠르게 읽었지만, 그 무엇보다도 오래 기억에 남을 글 같다.
–경기여자고등학교 1학년 이수빈

16년밖에 안 된 내 짧은 생을 잔잔히 흔들어 놓는 책이다. 함께 느껴 보고 싶은 청소년들이여, 이 책을 선택하라.
–장흥중학교 3학년 이준우

이 책은 본격적인 드라마에 앞서 리허설을 진행하고 있는 청소년들에게 꼭 필요한 책이다. 더 나은 무언가로 변신하기 위해 어둠 속에서 길을 잃은 청소년들에게 이 소설보다 더 확실한 위로가 있을까?
–청담고등학교 1학년 이지안

읽기 시작하니 뒷이야기가 궁금해져 그 자리에서 끝까지 다 읽었다. 정말 오랜만에 제자리에서 책을 다 읽는 짜릿함을 느낄 수 있었다. 전부 읽고 나니 계속 여운이 남는다.
–서울덕원중학교 1학년 함예진

틴 스토리킹 청소년 심사위원 모집이 궁금하다면 비룡소 홈페이지 bir.co.kr을 참조해 주세요.

전국의 중고등학생들이 직접 뽑은 청소년 문학상
제4회 틴 스토리킹 심사위원을 소개합니다.

고혜민	평촌중학교 1학년	류해윤	불암중학교 2학년
김강민	수락고등학교 1학년	박건희	화홍중학교 2학년
김나연	부산경일중학교 2학년	박규하	화곡중학교 1학년
김도연	구영중학교 2학년	박민아	정신여자중학교 1학년
김라희	빛가온중학교 1학년	박선유	오마중학교 1학년
김리아	포항제철고등학교 1학년	박소이	울산외솔중학교 1학년
김민경	여양고등학교 1학년	박시영	밀양여자중학교 1학년
김상협	성광중학교 1학년	박주원	호계중학교 1학년
김서현	창일중학교 1학년	박지혜	풍덕고등학교 1학년
김성원	영덕중학교 1학년	박지호	송정중학교 3학년
김소예	한바다중학교 2학년	박찬희	이현중학교 2학년
김소이	진주삼현여자중학교 1학년	박찬희	반송중학교 3학년
김소현	석관고등학교 1학년	백승준	고양중학교 1학년
김수진	미송중학교 1학년	서시율	상신중학교 1학년
김연서	서울동도중학교 3학년	서채은	능동중학교 1학년
김연희	상인천여자중학교 3학년	서하랑	대구계성중학교 1학년
김예린	갈뫼중학교 2학년	손단비	성남서현중학교 2학년
김유은	범박중학교 1학년	손현태	대구월암중학교 1학년
김유진	동도중학교 1학년	송하윤	일신중학교 2학년
김이안	청계자유발도르프학교 3학년	신지훈	수원다산중학교 2학년
김재원	부천상도중학교 1학년	심미소야	청주일신여자고등학교 2학년
김재이	장승중학교 2학년	심현준	청주세광중학교 1학년
김지나	서울여자중학교 1학년	안지윤	부산대학교사범대학부설고등학교 1학년
김지유	덕원중학교 1학년	오사랑	제주여자중학교 2학년
나선우	다산중학교 1학년	유영찬	상암중학교 2학년
남준서	무룡중학교 3학년	유혜윤	산남고등학교 1학년
노민석	평택중학교 2학년	윤예린	섬강중학교 2학년

윤재윤	모전중학교 2학년	전성준	대구 용산중학교 1학년
이도담	서울목동중학교 1학년	정서윤	기전중학교 1학년
이민아	현일중학교 1학년	정서현	부산부흥중학교 1학년
이빈	태장중학교 1학년	정아윤	서울동도중학교 2학년
이상인	덕원중학교 1학년	정유건	고양중학교 1학년
이서윤	경화여자고등학교 1학년	조성민	대신중학교 1학년
이선호	고명중학교 2학년	조예나	신남중학교 2학년
이수빈	경기여자고등학교 1학년	지혜인	인천여자중학교 1학년
이승호	송호중학교 1학년	차태인	광성중학교 1학년
이영하	백현중학교 1학년	천보경	계룡중학교 2학년
이예주	NLCS Jeju 6학년	최다연	장평중학교 3학년
이우림	고촌중학교 2학년	최서영	포항제철고등학교 1학년
이윤지	은여울중학교 2학년	최영민	무거중학교 1학년
이은서	수원북중학교 1학년	최영준	양산중앙중학교 3학년
이정원	호남삼육중학교 1학년	최유담	과천중학교 1학년
이준우	장흥중학교 3학년	함예진	서울덕원중학교 1학년
이지안	청담고등학교 1학년	홍유진	솔터고등학교 1학년
이지우	와부중학교 1학년	황서린	남인천여자중학교 2학년
이채연	송현여자고등학교 1학년	황신동	양지중학교 2학년
이태희	인천해송중학교 3학년	황현지	철산중학교 1학년
이희진	대곡고등학교 1학년	황혜빈	소현중학교 3학년 .
임섭준	분성중학교 1학년		
임세헌	두송중학교 3학년		
장진	진주대곡중학교 1학년		

* 명단에 기재되지 않은 한 분은 개인 사정으로 심사를 중도 포기하셨음을 알려 드립니다.

* 청소년 심사위원들의 학년 및 학교명은 심사가 이루어진 2023학년도 기준입니다.

빗소리를 쓰는 밤

1판 1쇄 찍음 2024년 2월 5일
1판 1쇄 펴냄 2024년 2월 16일

지은이 안나
펴낸이 박상희
편집주간 박지은
편집 장은혜
디자인 with text
펴낸곳 (주)비룡소
출판등록 1994년 3월 17일 제16-849호
주소 06027 서울시 강남구 도산대로1길 62 강남출판문화센터 4층
전화 02)515-2000 팩스 02)515-2007
홈페이지 www.bir.co.kr
제품명 어린이용 반양장 도서 제조자명 (주)비룡소 제조국명 대한민국 사용연령 3세 이상

ISBN 978-89-491-3703-2 43810